風説・赤坂テレビ村

鈴木茂夫

同時代社

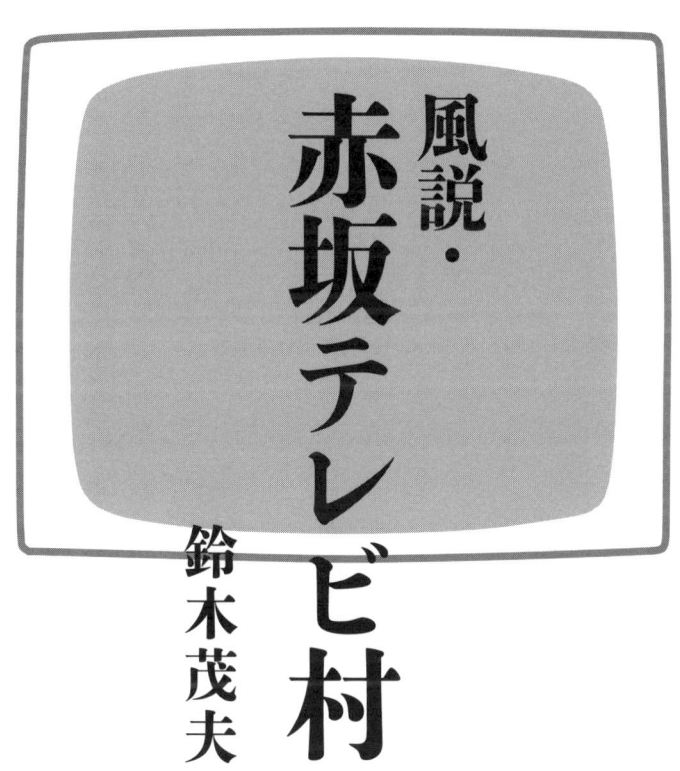

風説・赤坂テレビ村＊目次

赤坂テレビ村始動…昭和三十年、テレビ開局を目指す木箱カメラ　3
「カメラ割りは先の先です」…昭和三十年、カメラ割りは、剣道の気合いで　21
テレビ塔が閃いた…昭和三十年、テレビ開局は一万個のフラッシュバルブで　35
東京テレニュース…昭和三十年、日本最初のキャスターニュースが　51
テレビルポ「熱海」…昭和三十年、最初のテレビルポに取り組んで　67
砂川・一九五五年夏…昭和三十年、砂川闘争　85
心に杭は打たれない…昭和三十年、砂川闘争　101
オイチョカブで閣僚参賀…昭和三十一年、初めての閣僚参賀誕生の裏は　113
赤線の灯の消えた夜…昭和三十三年、売春防止法施行、新宿二丁目の最後の夜　129
機械から熱気がでるかね…昭和三十三年、第二十八回衆議院議員総選挙に速報盤登場　145

金環食…昭和三十三年、八丈島で金環食を　159

沿道八・八キロ中継始末…昭和三十四年、皇太子ご成婚中継　173

事件記者の六十年安保…昭和三十五年、六十年安保のさなかで　191

「現場は生き地獄です」…昭和三十七年、三河島鉄道事故、テレビマンは　209

信濃川で水を浴び…昭和三十九年、新潟地震、仲間の応援に　225

全日空機の断片が…昭和四十一年、全日空機羽田沖墜落、断片回収　243

いま結ぶモスクワ・東京…昭和四十五年、モスクワから世界初の宇宙中継　257

あとがき　275

赤坂テレビ村始動

昭和三十年、テレビ開局を目指す木箱カメラ

昭和二十九年十二月十一日。

午後四時すぎとなると、早目に取材してきた録音テープの編集がぼつぼつ上がるころだ。それぞれの担当者が机に向かって原稿を書きはじめると、タバコの煙があちこちから立ち昇る。

「政界は保守合同、つづいて社会党もまもなく統一。そしてわが社はテレビ誕生で大分裂。ラジオ屋からテレビ屋への転進が栄転なのか左遷なのか、誰にも分んないよな。それにしても、なんだか、部屋の中が広くなっちゃったな」

デスクの千田が腕組みをして天井を仰いでいた。

ラジオ武蔵は、昭和二十六年に東京で最初の民間放送として創設された。国鉄有楽町駅前の日日新聞社の七、八階と、隣接する農協会館の六階から八階までを間借りして、ラジオ番組を制作していた。この年で三年目に入り、聴取者、広告主の受けも良く、順調に発展している。

そこへテレビの免許がおり、大和テレビ、NHKについで東京の第三局として昭和三十年四月一

日から本放送をはじめることになった。

十二月に入ると、これに備えての全社的な最初の人事異動があった。峠昭六の職場でも課長をはじめ職場の主だった四人が、完成したばかりのテレビ局舎のある赤坂に行ってしまった。

「昭六、お前、年明けに赤坂に行くとなりゃ、きょうからディレクターとして生出《なまだ》しをさせてやるよ。一年生が一人前になりましたっていう、まあ、これが俺の餞別かな。でも本番であがっちまってトチるなよ」

「どうもありがとうございます」

昭六はすこし胸が熱くなった。

それを気取られないように、何気ない顔で放送進行表《キュー・シート》を眺め本番にそなえる。

昭六の職場は、編成局報道部取材課という。農協会館の七階にある。ここでは月曜日から土曜日までの六日間、午後七時の定時ニュースの後の十分間に、その日のできごとを録音で綴る「録音ニュース」を主として放送する。

十数人のスタッフがいて、毎日、携帯用肩掛け式の録音機《デンスケ》を携え、ニュースの現場や、街のなかに風物詩を訪ねる。モノになる音をイヤフォンで確かめながら、インタビューして話を聞いたり、効果音をひろったりして「音」を積み重ねる。

社へ戻ると、取材してきたテープを編集して、アセテートの音盤《ディスク》にその音を刻み、アナウンス原稿を書くのだ。

この日の午後、第二次の人事異動があった。報道部長依田隆義は昭六を呼び辞令を渡しながら言った。

「君、君にはだ。来年そうそうにテレビニュース課へ勤務してもらうことにした。ええですか。テレビは、ラジオとちがって音が主体ではなく絵が主人公になるんです。これからは絵をしっかりと勉強してほしい」

この年の春、昭六とともに入社した新人は、一般・技術系あわせて約七十人いた。教育研修や、社の幹部の一人から、こんなに大勢の人間を採用したのは、来年からはじまるテレビのためのものなのだから、君たちのうちの相当数は、そちらへ行くことを覚悟していてほしいと言われた。研修を受けていた日比谷の日東コーナーハウスの片隅が保税倉庫になっており、そこにはアメリカから到着したRCA製の巨大なテレビの送信用アンテナが収納されていた。柱《マスト》にはM字型のエレメントが四方に装着され、それは二本に分解して横に寝かしてあった。

新人もアンテナも、テレビの出番を待っているのかと、昭六は奇妙な親近感を抱いた。そのアンテナもさる十月、赤坂の丘の上に建った鉄塔の上に載せられたと聞いている。

昭六は思いきって赤坂への配置換えを申し出ていたのだ。

部長は、いかめしい顔をつくって言葉をつないだ。

「そういってもテレビは、何せひどい赤字になるんだから、赤坂で働く諸君には超過勤務手当は固定額しか支給しない。それとテレビがつまらないだとか、辛いだとか言ってラジオに戻るなんちゅうことは認めないぞ」

「部長、テレビのため赤字になると言うのなら、ラジオ、テレビの両方の超勤手当を固定額にするのが当然じゃないですか。どうしてテレビだけが固定額になるのですか」

「それはだな。わが社としては、ラジオの連中にはせっせと稼いでもらって、その仕送りでテレビの赤字を埋めようとする算段なんだよ。つまりラジオは稼ぎ虫、テレビは金食い虫、だからテレビ部門の連中には我慢してもらわにゃ……」

昭六が抗議しても依田部長は人事部が決めた方針を口にしたまでであると、話にはのってこない。

昭六が部屋へ戻ろうと廊下を歩いていたら、同期の杉山が声をかけてきた。

「君はこんど赤坂村へ行くんだってな」

「俺はたった今辞令を貰ったばかりなのに、どうしてそんなことを知ってるんだ」

昭六の口ぶりは詰問に近いものになっていた。

「いやなに、会社の中にはいろんな情報通がいるもんだから。ところで、君は職場で何かヘマでもやったのかい」

杉山はお世辞笑いを浮かべながらも、眼鏡ごしに探るような視線を絡ませてきた。

「おい、ヘマってのはどういう意味だ」

「あれっ、そうじゃないのか。テレビへやらされる連中については、いろいろ噂が流れたりしてるもんだからさ。つい、お前さんもと思ったんだけど、いや、これは失言だった。気にしないでくれよ。ま、元気でな」

とってつけたようなあいさつをして、杉山はそそくさと離れ去っていった。

この時期、テレビ受像機はブラウン管のサイズ一インチあたり一万円といわれているのだから、十二インチの受像機を手に入れるには、昭六の給料の一年分が必要だ。

庶民がテレビを買えるのは、ずいぶんと先のことになるのだろう。

またラジオ武蔵の放送区域である関東一円にラジオの受信機が約五百万台あるのにたいして、テレビの受像機は約五万台しかない。百対一の差からすれば広告媒体《マスメディア》としてのテレビは、とてもラジオにはおよばない。

そうした状況判断があるからこそ、ラジオには優秀な一流の人材を確保し、職場で使いものにならない二流の人物をテレビに配属するとの噂が流布しているのだ。わざわざ「赤坂村」というのもラジオの所在する「有楽町」の優位を滲ませたもの言いである。

そうだとすれば、部長がラジオへは戻さないぞと言ったのもうなずける、もしかすると、一生の選択をまちがえたのかもしれないなと思ったがもう戻りはない。

午後七時すぎ、昭六はラジオの第四スタジオに入って本番の時刻を待つ。一分前になると副調整室《サブコントロール》の青ランプが点灯した。

「三十秒前」と誰かが声を出す。みんなの視線が時計に注がれる。やがて、

「十秒前、五秒前、四、三、二、一、ハイッ」

午後七時十分である。

調整係《ミキサー》がメインスイッチをオンにすると、赤ランプが点灯、同時にオープニングのテーマミュージックがスタートした。

送出指揮にあたる昭六は、右手の拳を開きアナウンサーに合図した。

「竜角散提供、録音ニュース」

最初の話題は鳩山内閣の誕生である。昨十二月十日、民主党総裁鳩山一郎氏は衆議院での首班指名を受けて組閣を終えたからだ。

アナウンスが入る。


鳩山さんが総理大臣として迎えた初めての朝、誰よりも慶びに包まれていたのは薫子夫人のようでした……


東京・音羽の鳩山邸は表通りから門を入ると急な上り坂となって高台の上に屋敷がある。昭六はこの日、鳩山家の朝を取材しに出かけた。

明るい陽射しの庭園で、薫子夫人は銀髪を束ね、薄紫の江戸小紋の縮緬《ちりめん》で装い、祝いに訪れたおぜいの人たちに取り囲まれていた。

昭六は録音機《デンスケ》を肩にして、その輪のなかにマイクを差しだした。

「ご家族でお祝いをなさいましたか」

「ふだんどおりですよ。これから大仕事になるんですから、家族がはしゃいではいられませんものね……」

よどみない答えが流れでて、笑みがこぼれでる。

その背景には、「おめでとうございます」と言う選挙区の人たちのあいさつや、笑声が渦巻いていた。この日を長らく待ち望んでいた賢夫人には、またとない朝のひとときだ。

この賑いをよそに、家のあるじの鳩山さんは、このところ忙しかったのですこし休ませてほしいと朝寝坊をしているとのことでした

ブリッジのレコード音楽が高くなって、歳末の築地市場に話題が移った。

やがて、コマーシャルメッセージ、クロージングミュージックが終ると、

「やあ、お疲れさま」

となる。その瞬間、「一日」を一気に吐き出してしまったような脱力感に襲われるのが常だった。

だがこうしたラジオでの仕事も残りわずかとなった。

＊

昭和三十年と年が改まると、昭六は赤坂村へ出勤した。

テレビの看板の出ている坂を上ると、A、B、Cと三つのスタジオが中核となった二階建ての局舎があった。その後ろは広い空地になっていて、あちこちに黒土が露出し、ここはまぎれもない武蔵野の赤坂台地の一角である。

その先には、かつての近衛歩兵第三連隊の木造二階建ての兵舎が三棟残っていて、いまは共同住宅になっていた。

昭六は局舎の二階へ上ってドアを開けた。

そこには木箱に三本脚をつけた奇妙なものが二台あった。その後ろに人が立ち、その前に女性アナウンサーが照れたように座っていた。

「テレビにまいりました峠昭六です。よろしくお願いします」

とあいさつすると、正面にいた赤ら顔の男のひときわカン高い声が飛んできた。

「やあ、僕が青江だ。『赤坂テレビ村』によく来てくれた。しっかりやってくれよ。ま、キミ、そこで見てろよ」

それが副部長の青江靖だった。課長の松田をはじめ数人が、やあとあいさつしてきた。

この人たちに、ここでいま何をしているのかと聞いてみると、天気予報をおもしろく見せるためのリハーサルをしているのだという。

「峠君、キミはショウを知っとるか」

青江が腕組みをして昭六を真正面から見据えていた。

「ショウってなんですか」

昭六が聞きかえすと、

「SHOW、ショウだよ」

「あー、ストリップショウだとか、フロアショウだとかいう、あれですか」

昭六の返事を聞いた青江の顔に血がたぎった。

「キミィ、お前はなんちゅう低劣な奴かね、何がストリップだ。わしが言いたいのは、ラジオ武蔵テレビジョンがはじめるのは、単なるニュースじゃないニュースショウだ。あ、そうだ、君にはしばらく天気予報をやってもらおう」

青江は、それだけ言うと、ニヤッとした。

「昭六、キミは助平な奴やな」

＊

局舎二階のテレビニュース課には、机やロッカーなどの事務用の備品がほとんどない。ガランとした部屋には、真新しい撮影機材や録音機が無造作に置いてあった。

そこで青江副部長が声をふりしぼって、

「キミたちの手でテレビジョンのニュースを創りだすんやで……」

と力説するのだが、十数人が腕組みしたり、空いている机に腰かけたりして聞いている。いずれも癖のある面がまえである。温順だとか、温厚だとかの風情はない。

有楽町から来た「ラジオ屋」、ニュース映画の制作者、カメラマンなどの「映画屋」、大和テレビからきた「テレビ屋」、日日新聞から派遣されてきたスチール写真のカメラマン「パチカメ屋」、アメリカ留学から帰国した「英語屋」などである。テレビに近接していると思われるさまざまな職業分野ではあるが、テレビをこなしていたという人はいない。

この会社の純血種といえば「ラジオ屋」だ。けれどもラジオ自体が三年の歴史しかないのだから、それ以前はＮＨＫにいた人をのぞいて、放送経験者はいない。

テレビを知っているという「テレビ屋」にしてからが、その才能を見込まれて入社したのではなく、自らを売り込んでもぐり込んできたのだ。

「映画屋」は、ニュース映画社で賃金引上げのストライキの先頭に立ってにらまれていたので、渡りに船と仲間を連れて入社してきた。

「ラジオ屋」と「テレビ屋」は、番組の構成と進行になじんでおくために、スタジオでの作業についていた。

「映画屋」は、映画館の大きなスクリーンとは違って小さなブラウン管の画面に適した絵柄を覚えるためにと撮影の練習をしていた。

「パチカメ屋」は、新聞写真とは違った、何枚かの組写真でニュースを構成して欲しいと注文されている。

お互いの気心やどのような技能を身につけているかなどを確かめる暇はない。誰もが懸命にこれからの仕事の練習をしたり準備をしたりしているのだが、誰もまだこれだという手応えをつかんではいない。どうやら手持ちの技能をたよりに夢中で取り組んでいるだけだ。

夕方になると、坂の下の酒店・三河屋にみんなが集結する。赤坂には料亭と待合はあっても、局舎の近くに手頃な飲み屋がないからだ。ここは酒を売る店で、酒を飲ませる店ではないのだが、樽からコップ酒を買い、袋入りのスルメやピーナッツを手渡しししながら飲む。

はじめのころ、店のおやじは、ここで飲まないでくださいと言っていたが、いけ図々しい陽気な連中に根負けして、時分どきには、折畳みの椅子を用意してくれるようになっていた。

話題は、みんなの尻を叩きまくっている青江副部長をののしることと、テレビの中味である。

「パチカメ屋」の三浦が、喉を鳴らして酒を吸った。その鼻は、充血して輝いている。

「俺は仲間うちじゃ、ちっとは顔が利いてんだ。それがテレビに来るとだ。あの青江の野郎ときたら、一つの話をまとめるのに何枚かで仕上げろってこきやがる。冗談じゃないよな、まったく。プレスカメラマンつうのはな、一発で写真を決めるのに苦労してきたんだぜ……」

「映画屋」の鹿川が、「昔話で悪いけどな」と切りだした。

「中国大陸じゃよ、麦畑がどこまでもつづいていてな。そのなかを鉄砲かついで歩く日本の兵隊の長い列が続くんだ。地平線に夕日が落ちようとしてその逆光を浴びてよ、兵隊が黒くなり、影が長く伸びるんだ。俺はそんな絵が好きだったんだ。テレビのちっぽけな画面に俺の撮る絵が入りきるかよ」

これも「映画屋」の中田が、そのあとにつづいた。

「俺はきょう横須賀に行ったんだ。アメリカがMSA協定で貸してくれた二隻の駆逐艦《デイストロイヤー》が入港するんでさ。そしたらよその社の連中がよ、俺の持ってる16ミリカメラの『フィルモ』を指さして笑うんだ。おやシロウトさんの持つようなオモチャですねってよ。俺はバカにされたんだ。奴等の持ってる35ミリの『アイモ』がクロウトのもんでよ、テレビは電気紙芝居だっていってるんだな。俺はここんちの会社に入れてもらったばかりで悪いけどな、なんだか落ちぶれちまったような気分だったぜ」

「大先輩の成川さんに聞きたいんですけどいいですか」

成川がうなずくのを確かめて若手の「映画屋」水野が、真剣な表情で切りだした。

「あのですね。僕はこないだから撮影したフィルムを、スタジオでテレビ画面に通してもらっていたんですが、テレビは成川さんの好きなでかい絵よりは、クローズアップにした絵の方が印象が強いんです。どうもテレビはアップのほうが適してるんじゃないですか」

「水野、テレビはさ、画面が小さいんだからな。君の言ってるのは正解だよ。俺もほんとはどうすりゃテレビの画面にぴったりする絵ができるか苦労してんだ」

成川は水野から視線を外さず真顔で答えていた。

「先輩にそう言ってもらえると、僕もうれしいです。これまでやってきたニュース映画ってのは、週に一度映画館で上映するだけでしょ。ところがテレビは一日に三回もニュースをやるんですよ。僕は受像機が増えると映画よりテレビのほうが、おもしろいかもしれないって思ってるんです」

水野は照れながら左手にしたコップに右手を添え、カメラで撮影するしぐさをしていた。

「テレビ屋」の武部正仁が、その二人に割って入った。

「いや水野、君の言ってることをさ、俺の言葉になおせばよ、ニュース映画はカレンダー、テレビのニュースはストップウォッチってとこですかね。それとです。テレビにはでかいワイドな絵もクローズアップも両方入るんです。画面の解像力が技術的に上ってくると、でかい絵も効果を持ちますすよ」

武部はオカッパ頭の脂ぎった顔をゆすりながら断言する。

ぬっと姿を現わした依田部長がモノもいわずに、升酒を飲み干すと、

「君っ、わしは新聞記者だったから、映像は分からんがですよ。カメラをある人物の眼になぞらえてですよ、その人物が捉えるであろうところの映像を撮り、そしてそれらの映像を組み合わせて、

その人物の思想を表現するようなモノを創ってみてくれんかと思うんです。わしがイメージするある人物とは、たとえば鳩山首相です。つまりです。カメラが首相という『わたくし』を表現するようなモノをですよ。勝手にドイツ語にすればですね、イッヒ・シネマです。分かりますか」

誰も話の中味を理解できない。テレビに新たな報道の可能性を見ているのだろうか、依田もそれなりに燃えているのだ。

もう手元のふらついている成川の視線が昭六の顔でとまった。

「ところでラジオ屋さんの昭ちゃん、あんたは映像がどうこうってことと関係ないんだよな。お姉さんと朝からお人形さんごっこするんだって」

悪い冗談だ。昭六が怒気をふくんで、

「成川さん、言葉が過ぎませんか」

とにらみかえしたが、気にとめるようすもない。

「照明屋」の赤山が、この空気を読みとって、へらへらと笑い声をあげた。

「お兄さんたち、テレビの悪口言ったりしてるけど、内心じゃ惚れこんでんだね。それにしてもだ、みんな弁が立つよなあ。立つとよいのはお蔵とイチモツってなもんだよ」

そうそう言い終ると、ポケットから味の素の小瓶を取り出した。

「みんなさ、これを酒に振りかけてやると、二級酒が一級になんだぜ」

「やっ、これは決まってるな」

三浦が厳粛な表情をして味の素入りの酒を嘗めると、みんなはどっと吹きだしはしたが、つぎつぎに酒のなかに振りかけていた。

＊

青江副部長の構想では、先発のNHKや大和テレビの天気予報のように、風景写真の背景に「はれ　のちくもり」といった字をかぶせる単調な番組は出さないという。

天気予報のための女性キャスターには、新人女優南郷しず子を起用した。

そして晴れ、曇り、雨、台風などを象徴した子ども姿の縫いぐるみ「お天気人形」を出すことで、子どもにも親しまれるようなものに仕上げることになった。

天気予報は「気象ごよみ」と命名され、夕方の目玉番組となる「東京テレニュース」に引きつづいて放送し、視聴者が二つの番組を一連のものとして受けとるようにする狙いである。

主任のディレクターは武部正仁だ。武部は満州からの引揚者、根っからの色黒で三十歳をこえた今もニキビの痕跡が頬になまなましい。長髪を後に垂らし、眼鏡の奥でどんぐり眼をぎらぎらさせている。おおげさな手ぶり身ぶりをまじえてしゃべりはじめると、奇妙な説得力を人に与える。じつに旺盛な食欲を発揮して、食べものをのこすことはまるでない。

昭六はその配下のアシスタントになった。局舎の裏手の美術倉庫で小道具係につきっきりで机の上にのる小さな小屋のようなものと、お天気人形を二十体ほど作ってもらった。これが天気予報の発信源となる。

スタジオの中の配置は、机を前にしてキャスターが座る。その右手には雨量計や晴雨計、左手にはお天気人形の顔を出す小屋が置いてある。キャスターの背後には黒板があり、天気図や季節の話題の説明をするのに使用する。

オープニングタイトルは四季おりおりの花を撮影することにした。

昭六はキャスターの机の横手を定位置として座りこみ、人形の操作にあたる。

番組の本編に入ると、机を前にした番組のお姉さんがにっこりと笑顔であいさつする。そして一言二言、天候にかんする前説をのべたあと、

「東京地方の今晩のお天気は、どうなりましょうか。お天気人形さん！　出ていらっしゃい」

と小屋に視線を走らせる。昭六はヒモを緩めて小屋の扉を前倒しにする。ついで細い棒の先にU字型の金具をつけ、それで人形の腰を保持しながら、元気に外へ歩き出たように調子を取って押し出すのだ。

お姉さんは、その人形に話しかけるように、東京を手はじめに神奈川、千葉、埼玉、群馬、栃木、茨城の七都県のお天気人形を机に並べていく。

言ってしまえばそれだけのことだが、小屋の中から人形を円滑に、しかも調子をつけて登場させるのは容易なことではなかった。晴れの人形は、何も身につけていないから、操作が楽だけど、雨の人形は傘をさしているため、小屋を通すときに少しでも棒が揺れると、人形が小屋の壁に接触して金具から転落してしまう。その瞬間、ヘッドセットを通して、

「昭六のドジッ、しゃんとやれよ」

と上の副調整室《サブコントロール》にいるディレクターの武部から罵声がとんでくる。

いくら稽古だからといっても容赦してはくれない。なんの因果でスタジオにうずくまって、お人

形さんごっこをやらなきゃいけないんだろう、心底から情なくなってくる。

どうにか人形を出し終えるとため息が吹きだす。

テレビのディレクターといえば聞こえはいいが、ありていは人形使いの毎日である。

昭六の目前にはしず子嬢の膝頭といささかふとめの両脚が並んでいる。

「カメラリハーサルをやるぞ。スタンバイッ」

こうした声がスタジオに響くと、位置についているしず子嬢が、気力を集中させようとして背筋を伸ばし踵を浮かし、昭六の目の前で二つのふくらはぎがピクッと躍動する。

本番に入ってから上半身だけに注意を払っているしず子嬢がつい両足を拡げたりすると、ガードルやパンティがまとめて昭六の視野に入ってくる。それは思いがけず官能を刺激した。さらに悪いことに、スタジオのなかの強いライトに暖められて、化粧の香りが周辺に充満する。連日その部分だけを眺めていると、女のふくらはぎには表情のようなものが潜んでいると思えてくる。ときにそのふくらはぎに力が入って瞬時に揺れ動くと、かなり露骨な感触で迫ってくるのだ。最初は願ってもないことだと、ひそかに楽しんでいたが、連日のこととなると血がのぼってやりきれない。ある日の午後の休憩時間に、

「武部さん、仕事には役得ってものがあるけど、僕はゴキゲンなんだ。僕の定位置からは、極彩色の至近距離で彼女の奥の院がバッチリなんですよ。あなたは、目配りに欠けてますね」

にやつきながら昭六が、話しかけると、武部の目の色が輝いた。

「そうかい。このあとのリハーサルで、ちょっとだけ代ってみるか」

「こんな良い思いを、つまみ食いされたんじゃかなわないな」

「そいじゃよ、俺とポジションを取替えるのはどうだろう」

テキの好色をずばりとついたのが的中したのだ。

「年長者のおっしゃることだから、そうしましょう。さしづめ、僕がディレクターになることでいいんですね」

「うん、俺がアシスタントをずっとやるよ」

武部はうれしそうに昭六の定位置についた。

昭六が副調整室に入って、

「武部さんのドジ、何をやってるの。まじめにやってよ。人形が出ないじゃないの」

と叫ぶ。

「ぐっと感じちゃうな。昭六、ご親切をありがとう」

武部はしごくご機嫌である。


『TBS新調査情報』一九六九年九・十月号所収

「カメラ割りは先《せん》の先《せん》です」

昭和三十年、カメラ割りは、剣道の気合いで

昭和三十年二月二十四日。

ラジオ武蔵のテレビ開局は、四月一日と予定されている。

開局までの残り日数も一ケ月余……スタッフは、準備に追いまくられていた。

その本拠地・赤坂の丘の上にも、トラックから呼びかける立候補者たちの声が聞こえてくる。昨年暮れ、自由党の分裂によって誕生した日本民主党総裁鳩山一郎が首相の座につき、最初の総選挙に打って出たのだ。分裂していた両派社会党は合同を公約し、保守陣営もまた、統一への動きを秘めている。保守革新二大政党時代への序盤となる選挙だ。

赤坂の通りのいたるところに選挙ポスターが張られている。

テレビニュースを統括している青江副部長は、

「おい、選挙の立ち会い演説会で、カメラワークの練習やろやないか」

と選挙管理委員会の許可を取りつけてきた。

「ニュースの現場からの生中継ちゅうのが、いちばんテレビの真価を発揮するときやで。ま、これがテレビのバックボーンや」

青江が所信をしゃべり出して指を突きだすと、とどまるところをしらない。課長の松田が、子細ありげに頭を下げて席を立った。逃げ出したのだ。デスクもフィルムの入った缶を手にして席を離れた。機会をうかがっていた峠昭六も、頃合いをみはからって立つ。

「おい、昭六君、何しに行くんだ」

青江が呼び止める。昭六は頭をかいた。

「はあ、つまりタイミングを間違えたみたいです」

青江が歯をむいた。

「なんだ、それは、どういうことだ」

「耳にタコのできていますありがたいお話でありますので、これ以上タコが大きくならないようにと、トンズラを試みたのです。でもどうやら、キッカケをつかむのをトチッたようです」

「馬鹿モン、君ィ、正直に答えりゃいいってもんじゃないぞ。でもな、キッカケのつかみ方ってのは、放送屋の必須科目だぜ。ドジをふむなよ」

＊

本物のテレビカメラによる最初の練習である。

目的地は後楽園球場に近い礫川《れきせん》小学校の講堂。テレビ中継車が町の中に初めて姿を見せた。車体の上部が銀色、下部が青色でそこには白抜きで『ラジオ武蔵テレビジョンＪＯＫＸ・ＴＶ』と社名が記してある。中にＲＣＡの映像・音声制御機器とイギリス・パイ社のカメラ三台を搭載、発電機を牽引して走った。

技術スタッフは、会場とされた講堂の舞台の左右両翼と中央に、三台のカメラと照明用のライト三基を配置した。発電機が作動し、ジーゼルエンジン特有の低い唸り音が発生した。

中継車のドアの内側に黒い遮蔽カーテンが下がっている。運転席の背後に、三台のカメラの捉えた映像を映し出すモニターと、カメラの制御卓《コンソール》がある。そこにディレクターと、テクニカルディレクター（ＴＤ）が座って制作運行《ディレクティング》する。それに背中を向け映像技師《ビデオエンジニア》（ＶＥ）と、音声技師《オーディオエンジニア》（ＡＥ）が座る。狭い車内は、床から天井までギッシリと機器で埋められており、数人のニューススタッフが立ち並ぶと身動きできない。

昭六は、フロアディレクターをするようにと言われた。連絡用のヘッドセットをつけて、会場の状況を必要に応じてディレクターに報告するのだ。

中継車の中では、課長の松田が最初にディレクティングの稽古をはじめた。三台のカメラの前部の回転板《ターレット》には、四本のレンズが装着されている。

「それじゃ、二カメ、80ミリで候補者の正面バストを押さえてみてください」

ＴＤの岩崎一太郎が、カメラマンにてきぱきと指示する。

東京一区は、現職の総理大臣はじめ各党派の大物が出馬して、全国一の最激戦区だ。ただこの夜、ここで演説をするのは、まず当選する見込みのない候補者たちだった。

定刻、演説会がはじまった。会場には空席が目立つ。百人足らずの人たちが入っていた。

最初に登壇したのは、無所属の大森育男だった。でっぷり肥った大森は、経済研究所を主宰しているると称しているが、実体は総会屋である。永年にわたり、企業の総会で強引に発言するのに慣れているせいか、その語り口によどみはない。

私が今回立候補したのは、衆議院に当選するとか、しないとかが目的ではない。日本の政治の現状を見るとき、日本の政治に責任を持つべき保守勢力が分裂し、革新陣営に、つけこむ隙を与えているることを憂うるものである。不肖大森は、日本の保守勢力の統一実現に全力をつくしたい……

眼をつぶって聞いてるかぎり、納得のいく内容のようだ。だが、派手な格子縞のダブルの背広が、いかにもうさんくさい人物であることを雄弁に語っていた。

「一カメを本番に撮ってるから、二カメは150ミリでアップを押えて。三カメは場内観客の表情を50ミリのワイドショットでいくよ。照明は、正面演壇に集中しておいていいぞ」

岩崎のかたわらで、几帳面な課長の松田は、選挙演説の内容とは関係なく、丹念に弁士の姿を眺めていた。

「生《なま》のカメラの撮る映像は、こういうものなんだね。もし、これが本番だったら、カメラをつぎつぎに切り替えなきゃならないんだな、それじゃ、やってみるかな」

と松田は、座り直した。

「ま、候補者のバストショットを撮ってみてください。それから、聴衆の表情にいきたいんですが……」

松田の指示があやふやなため、カメラをつぎつぎに切り替えてみるのだが、画面としゃべりの調子が合わない。つまりはキッカケのつかみ方の間がぬけているのだ。

「話の筋を追っていると、カメラへの配慮がおろそかになってしまう。この仕事は、僕には荷が重いなあ。誰かやり給え」

松田の額に脂汗が浮かんでいた。

聴衆の多くは、退屈して席を立つキッカケを狙っている様子である。

「ひでえしゃべりだなあ、もう少しマシだとすこしは恰好がつくんだけどな」

中継車の中の誰かが、候補者のしゃべりをののしっている。ヘッドセットを通して車内のうんざりした空気が昭六にも伝わってくる。ほどなく、ディレクティングする声がばったりと聞こえなくなった。

「おい昭ちゃん、君んとこのお偉方は、ずらかっちまって車には誰もいないよ」

ＴＤの岩崎の生あくびをかみ殺したような声だ。おおかた、夕食を食べに消えたのだろう。昭六は中継車に戻った。

「カメラ割りのキッカケの練習だからさ、やってみなよ。俺も仕事だから座ってるけど、退屈してるのに変わりはないよ」

昭六は岩崎に聞いてみた。

「岩崎さん、テレビってのはね、何台もカメラを現場に持ち込んで、それを切り替えて放送するっていうんだけど、何をキッカケにして、カメラの切り替えをするのが作法なんだろうか。みんな、とってつけたようにカメラ割りが大事だなんて言ってるけど、ラジオから来た僕には、何も分かってないんだ、どうすればいいんだろう」

岩崎が座り直した。

「テキストなんてものは、どこにもないのさ。君にも分かっていると思うけど、映像や音声の流れを見ていて、その中から段落や変化を見付けて、カメラ割りをするしかないと思うんだ」

「すっかり静かになってますね」

中継車の運転をしている山川が口をはさんだ。

「差し出たことを言って失礼なんだけど、ちょっと言わしてもらっていいですか」

山川は頬を紅潮させて話しかけてきた。岩崎が身を乗り出す。

「僕は子どもの頃から、剣道をやってるんです。こないだ五段になったところです。さっきから様子を見ていてですね、カメラ割りとかスイッチングのコツが、剣道の『打ち込み』と、同じ要領のように思えるんですね……」

「それだけじゃ、まるで分からないけど、もう少し詳しく話してみてよ」

昭六は、山川の顔を見つめる。

「剣道はですよ、もともとは剣という武器を構えて、相手を殺すために戦う格闘技なんですね。今はスポーツですから、勝つか負けるかですけど」

「剣道の技術ってのは、打ち込むスピードなの」

昭六が口をはさんだ。

「誰も負けるのいやですから、剣で自分の身を守りながら、相手に攻撃する隙がないかをうかがいます。まずお互いの剣先を触れあわせることで、相手がどれだけの体力、機敏性、瞬発力があるかを探りあうんです。実力の差があれば、このとき勝つか負けるかが分かります」

岩崎が山川に切り込んだ。

「攻撃のキッカケは、どうやってつかむの」

山川は昭六の質問にうなずいた。

「たいていのばあい、剣士が攻撃してこようとすると、剣先が少し上がるんですね。相手を打とうと判断した剣士の心の動きにつれて、剣先が微動するんです。その微動につづいて、剣を大きく振り上げて打ち込む動作となります。むずかしく言えば、その気配を『剣機《けんき》』が動くと言っても良いでしょう。じつは、相手が攻撃態勢に入ろうとして剣先を上げかかるその瞬間こそが、こちらにとって絶好の攻撃の好機なんですね。その瞬間をとらえて相手の動く直前に打ち込むんです。そのことを『先《せん》の先《せん》をとる』といいます。相手が先制攻撃をしかけてこようとするのを押さえてその直前に攻撃するからです。別の言葉で『機先を制する』といわれるのも同じことです」

「山ちゃんの話に刺激されたんで、俺にも言わせてくれるか」

岩崎は昭六より三歳年長、敗戦直前には海軍兵学校に在学、士官への道を歩んでいた。暇さえあれば、中古のモーターバイクで街の中を走り回っている。そのまわりにはバイク仲間が群がって一種独特のスマートな雰囲気がある。

「俺の道楽のバイクだけどさ。面白いのは曲がり角を攻めるコーナリングさ。これはコースと間合いの取り方一つで上手《じょうず》・下手《へた》が決まる。曲がり角をめがけて突っ込んで行くだろ。安全にしかも速く曲がるためには、ハンドルを切り、乗車姿勢を傾け、ギアを低速に落とさなきゃならない。曲がり角にはそのポイントが一点あるのさ。その一点は技量の差によって異なる。初心のうちは、その一点は曲がり角から遠いものさ。技量が上がるにつれ、その一点は曲がり角に近くなる。状況を読み取る一瞬の選択さ。その一点から視線を外しちゃだめなんだ。その一点に視線も意識も集中する。大げさじゃなく、バイク乗りにとってこの選択には命がかかってると言ってもいいかな……そんな俺たちを世間じゃ暴走族って言ってるけどね」

岩崎が照れくささをふりはらうように笑い飛ばした。

山川の澄んだ瞳が一つのところにとどまり、何かを思い出したのだ。

「……僕がシベリアの捕虜収容所に入れられたのは、十八歳のときでした。いつまで抑留されるのか、分かりません、帰国の望みはありませんでした。冬は深い雪に閉ざされます。強制労働の疲労と乏しい食糧のため、大勢の戦友が栄養失調で死にました。でも春が来ます。屋根の上で凍りついていた雪が溶けはじめ、それが収容所の軒先に垂れ下がったつららに、水滴となってしたたりま す。僕はそれをずっと眺めていたものです」

山川は、二、三度大きく瞬きした。

「これが、あたしの勉強の時間でした。キザになりますが、人生を考えもしましたし、何よりも剣道の稽古になりました」

山川の静かな気迫に押されて、岩崎と昭六はひたすらに聞き入る。

「春浅いころ、つららの尖端に水滴の芽が生まれ、水滴となって落下するまでには、とても長い時間が流れます。時計なぞは、捕虜になったときに略奪されていましたからありません。ともかくじっと見つめているんです。気の遠くなるような時間が経って、水滴が育ち、ふくらんで、つららの尖端から離れます。息をころして視線をそらさずに観察していると、その直前の一瞬の気配が読めるようになります」

岩崎と昭六は、そろって唾をのみこんだ。そしてそのことをお互いに感知していた。

「気配だとか兆しでしょうね。僕は、その『時』を少しでも早く肌で感じようと努めていたんです。水滴がつららから離れるか離れないその一瞬が、打ち込みのキッカケと同じだからです。一冬が過ぎ、二冬目には、水滴の気配を、読みとることができるようになっていました。いや、僕はとんでもないおしゃべりをしちまいました。生意気な奴だと思わないでください」

つと山川の表情に稲妻のような恥じらいの色が走った。

「そうか」昭六の胸の中に合点するものがあった。昭六は性急に問いかけた。

「山ちゃん、立ち会いで相手のどこを見てるの」

山川が答える。

「わたしはですね、基本的には相手から視線を外さず、相手の全体を見ています。でも剣先が動く気配がしたら、剣先に意識を集中します。同時に相手のつま先に力が込められてくるのを読みとろうとしています」

昭六は岩崎にたたみかけた。

「岩崎さん、コーナリングの一点ってのは、どこを見てるの」

「俺もバイクの進路前方から視線は外さず、全体の光景とコーナリングの転回点を素早く切り替えながら、にらんでいるよ」

岩崎は、昭六を見返す。

「ね、それはさ、山ちゃんのいう意識の集中っていうのがさ、ワイドショットとクローズアップのことを言ってるんじゃないのかな」

昭六は二人が期せずして、それぞれの場面における映像のサイズがあるのだと理解した。昭六は口早に、

「相手の全体を見ているのがワイドショットなら、剣先に意識が集中するのはクローズアップと言ってもいいですよね。今、言われて気がついたんですけど、意識がどこに集中するかを、映像の大きさで表現すると言えますよね」

「バイクだと、ワイドショットとクローズアップの連続的な切り返し、つまり、フラッシュバックと言ってもいいよ」

岩崎も合点した表情である。

昭六には、山川が懸命に言ってくれたのがうれしかった。あらためてモニターの画面を凝視する。

「山川さん、ありがとう。僕なりのやり方でちょっとやってみるから……。岩崎さん、そんじゃ

つきあってみて」

「よおし、俺はバイクの要領でやるぜ」

岩崎が操作卓《コンソール》に向かう。

演壇には候補者・樫山信夫が立っていた。樫山はもの静かな口調で、これまでに演説した候補者とは雰囲気がちがっていた。


私たちがしあわせになれるかどうかは、他人が私たちに何をしてくれるかで決まるのではなく、私たちが人生をどのように受けとめていくかにかかっています

樫山は教会での説教のように話している。

昭六はカメラマンに、つぎつぎと指示を出した。

「よしっ、一カメ、横顔をアップで押さえて。二カメは正面からフルサイズでスタンバイして」

岩崎が、その指示を受けてスイッチングする。


政治の基本は、一人一人の人の平和と幸福を願う心にあります……

昭六と岩崎は、同時に
「ホイッ、二カメいくよ」

とカメラに指示した。

私は、こうした心を一つに結び、世界の人びとが一つの政府をつくり上げていくようにしたいと思うのです……


「三カメ、バストで決めて」

「一カメ、舞台全景を押さえてスタンバイ」

昭六の内部に、躍動が生まれていた。

一つのカメラの映像を本番として送り出すから、残る二つのカメラは、その後に続く適当なショットを準備して待機し、つぎつぎに本番として送り出せばよいのだ。

イメージを先行させて準備しておくことが、『先の先』だ。その切り替えのキッカケは話の段落に求めればいい。それは状況の展開に応じてさまざまに変化する。

つまらないと思っていた演説の流れに、句読点が見えてきたと感じた。それは、先を読みとり、先を創っておくことなのだ。

「ねえ山さん、カメラ割りのコツが見えてきたよ」

山川は、おだやかな微笑を浮かべてうなずいていた。

「カメラのことはわたしには分かりませんが、切替えの歯切れが良くなったようです……」

映像と音声が結び合ってテレビなんだ。それはラジオにはない領域だ。テレビって面白いんだ。

昭六はうれしかった。

候補者・樫山信夫の話は続いている。

私たちの目標とする世界政府、もしくは世界連邦をつくることで、国と国との間の戦争は起こりようがなくなります。南の地方に不幸があれば、すぐに北の住民が必ず救援の手を差し伸べるような生き方をするのです……


昭六は、つぎからつぎへとカメラを切り替えすっかり高揚していた。

「山さん、どうもありがとう。おかげさまで近藤勇か鞍馬天狗かって気分になってきたよ。なんたって、『先の先』とは良い言葉だね」

「おいっ、トンズラする時も、『先の先』でやるんだな」

聞き覚えのあるカン高い声がした。

振り返ると昭六の背後には、いつのまにか青江が立っていた。


『TBS新調査情報』一九九六年十一・十二月号所収

テレビ搭が閃いた

昭和三十年、テレビ開局は一万個のフラッシュバルブで

昭和三十年元旦。

東京・日比谷のラジオ武蔵本社では、恒例の新年会も終わり、それぞれの職場で談笑していた。

「庄ちゃん、初仕事をひとつやってくんねえか」

事業部長の鶴岡幸弘が伏見庄之助に声をかけた。机の上にはコップ酒、五十すぎの浅黒い面構えはもう朱色に染まっている。鶴岡は購読新聞社で、長い間催事企画を手がけていた。豪放な性格で信頼を集め、部下からは親分と慕われている。

「ほらさっき老社長が挨拶されたろ、今年はテレビの始まる年だからみんな頑張ってほしいって……。それでだ、わが部としても、開局を飾るパッとした企画を打ちたいんだよ。それをやってほしいんだ」

庄之助は四十六歳、細面で痩身。もの言いは静かだが、芯は強い。中国・上海にあった日系の東亜同文書院を卒業。その後、エチオピアの経済調査に従事し、ときの皇帝ハイレシェラセ一世の知

遇を得たという。皇帝の友人ならばと、人は殿下《デンカ》と呼ぶ。

「なんか、おもしろそうですね。何をやればいいんすか」

伏見は一升瓶からコップに酒を注いでいる。

「お前さん、おっとりしてちゃいけないんだ。その何をっていうのから考えるんだよ」

「ああそうですか」

「でもな、問題はだ。それに使えるゼニはほとんどないってことなんだ」

「親分、今、何て言われましたか」

「デンカ、イヤなことを二度言わせるなよ。ゼニはないけど、ドンとした企画をやれってことさ」

冗談めかして言ってはいるが、鶴岡は酔ってはいない。

「そいじゃ、手品でもやれってことですな。んじゃあ、ご年賀に赤坂を覗いてきますか」

と伏見は苦笑しながら席を立った。

＊

日比谷の交差点に出ると、たちまちに酔いが消えた。風が冷たいのではない。放送業界の専門家は、東京地区に、まだ数万台しかテレビ受像機がないのに、ラジオ武蔵がテレビをはじめれば、ラジオ開業以来三年間に蓄積した利益はすべて吐き出し、途方もない赤字に苦しむことになるだろうと言っている。

ラジオ武蔵の主な事業所は三カ所に分散している。本社は、東京・日比谷の日の出生命ビルの二階、ラジオ部門は有楽町駅前の日日新聞本社にと、いずれも間借りしている。そして赤坂一ツ木の高台に昨年暮れ、ようやく自前のテレビ局舎が完成したところである。

伏見はこの三カ所を結ぶ専用の連絡バスで赤坂へ向かった。

丘の上には、粗壁のままの二階建て局舎がポツンと建っていた。周りはガランとした空地である。少し離れて小さな民家が建ち並び、古びた木造二階建ての昔の兵舎が三棟、ここはかつての近衛《このえ》歩兵第三連隊の跡地だ。

伏見は局舎の中に足を運んだ。ＡＢＣと三つのスタジオがあり、スタッフがテレビカメラを操作していた。伏見の課題は、催し物企画、いわば、正月の松飾りを創り出すことだ。どうやら俺の仕事場は、外回りにあるようだなと、伏見は外に出た。

局舎の端には巨大な鉄塔《タワー》がある。それだけのことだ。それを見上げる。この鉄の構造物が、松飾りになりうるのか、伏見は考えあぐねてため息をついた。

空っ風が雲を吹き払ったのだろう、テレビ塔の彼方に富士山の姿が鮮やかである。

伏見はその足で、以前の上司だった日日新聞写真部長の久保正夫を訪ねた。

「先輩、とにもかくにも、派手なことを一発やんなきゃなんないんですよ。知恵を貸してくださいな」

久保は根っからのカメラマンだ。茫洋とした風貌だが眼差しは鋭い。

「おいっ、俺の村じゃな、知恵とチンポは手前のを出せっていってたもんだ。その一発仕事にすこしは金が使えるのかい」

「やぁ、鋭いご指摘ですが、ゼニはありません。だからこそですよ……」

久保は酔いの回った頬に笑みを浮かべた。

「テレビなんだから、テレビ塔を使うんだな」

人の焦りも知らないでと、庄之助はふくれっ面である。

「じれったい奴だな。テレビ塔をさ、えいやっ一二の三と、使うんだよ」

「先輩っ、具体的にどうするんですか。見当がつきませんが……」

「そこを、お前さんが考えるのよ」

＊

それから、伏見は赤坂へ日参して、本社へ出勤するのを止めた。そして夕方になると、テレビ局舎の下にある小料理屋「小菅《こすげ》」で、ひとときを過ごすようになった。

この店は、夫婦と手伝いの娘で切り盛りしていた。白木のカウンターに四人、座卓に四人が座れば満員になってしまう。

店の亭主は小菅明正といった。小柄ながらもがっしりした体格である。分厚い手で器用に肉を捌《さば》き、目を細めてとんかつを揚げる。いつも酒の匂いが体から発散している根っからの酒好きで、鼻の先が赤らんでいる。

とある夜……。

伏見が二本目の銚子をあけて、あたりを見回すと斜向かいのカウンターで、一人の男が盃を口元に運んでいた。庄之助と視線があうと、無邪気な笑顔を返してきた。机の上に置いた写真をじっくりと眺めている。男も相手が欲しかったのだろうか。

「よかったら、どうぞ見てください」

と手元の写真を差し出した。それは四つ切りサイズの写真だ。一見すると住宅や商店が交じりあった町の俯瞰写真なのだが、それが目的で撮影されたのではなさそうだ。

画面の左隅から円盤か盆のようなものが出張っていて、その上に長円状のものが二つある。この円形の先の方がつぼまっている。さらに、そこから弓なりに反った線が一本伸びて、地上に達している。

この円盤の上に視線が止まると、なぜか深く引きこまれるような感覚に包まれるのだ。

画面の右手に見える長方形のものは、ビルのようだ。その姿形はどこかで見覚えがある。

伏見は、えっと思って目をこらした。まず長円状のものは、一足の靴なのだと気付く。すると……。

この写真は誰かが、テレビ塔の頂上に立って撮影したものなのだ。足の下に手摺りと見えたのは、四方に張り出してあるアンテナのエレメントだ。弓なりの線は、テレビ塔の四本の柱の一本だ。ビルはテレビの局舎だと理解できた。

「この写真の足は、もしかするとあなたの……」

伏見の問いかけに、

「そうです。それはあたしの靴です」

と男がニッコリした。

「たぶん、ご存じないと思いますが、自分はテレビ技術部の後藤康二といいます。中国大陸は満州育ちです。戦時中に器械体操の選手権をとったこともあるんです。ですから身軽に行動できるんですね。テレビ塔の保守点検が、主たる業務です。中継用のマイクロ波受信機を塔に上げたり、機器の操作も担当しています」

後藤は、上司に何かを申告するような物言いをした。両手を膝に置いている。肩がしゃっちょこばっている。この人は実直な人なんだと合点する。

「高いところってのは、地上とちがうことがあるんでしょうな」

後藤はその質問を待ち受けていたようにうなずいた。

「まず、風ですね。下でそよ風だったとしても百メートルの高さではかなりの強風です。体は風に反応しますね。この写真を撮ったときも、十センチ内外は揺れてました。失礼、こんな風なんですよ」

後藤は素早く靴を脱ぎ、座っていた椅子の上に立った。膝を軽く揺すらせる。伏見にもその揺れが伝わってくるようだ。

「でも景色は良いでしょう」

「多摩・秩父の山系、千葉の海岸まで見通しです。ですが、塔で仕事をしていると、下から見られるのを感じることもあるんです」

「人間は眼があるから、見たり見られたりするのに不思議はないでしょうが……」

「もちろんそうです。でも笑わないでくださいね。塔に上ってですね、下から仕事仲間がいて見上げているときは、足の裏にその視線をずっと感じていて、不注意なことをしちゃいけないぞって思ってるんです。そうじゃなくてですね。ときどき脇腹だとか腹に、刺さるような感じが走ることがあるんです。そうしたときにですね、脇腹の方向を見下ろすと、じっと見詰めている人の姿があったりするんです」

後藤は照れながらも、人差し指を立て、腹に突き刺す仕草を出した。

その時……。

後藤の話に触発されて伏見の中で何かが炸裂した。

テレビ塔に多くの人の視線が刺さればいいのだ……。

誰もが塔を見詰めるように仕組めば良いのだと……。

そう思って写真に眼をやると、背景の民家が邪魔だ。これを消すことのできるのは夜の闇だ。

その闇にテレビ塔を光らせれば……、

閃くテレビ塔を写真撮影することができる。

瞬くようなイメージが連続した。

「ありがと、後藤さん。はっきり見えました。この写真はしばらく貸してください」

伏見は独り合点をして立ち上がった。

「やっぱりテレビはテレビ塔だよ。それじゃお先に」

きょとんとした後藤の顔……。

＊

伏見は久しぶりに、本社へ戻った。

「すっかりご無沙汰だが、庄ちゃん、話はできたかい」

鶴岡が手をあげて招いた。

「はい、あらかたの筋はできました」

「おう、そいつはお疲れさま。すぐ企画書にしてくれよ」

「はい」

伏見は鉛筆をとり、原稿用紙に一気に書いた。伏見が差し出した一枚の紙を手にした鶴岡が声を荒げた。

「おい、これはなんだ。『テレビ塔を閃光電球《フラッシュバルブ》で光らせる』、たったこれしか書いてないじゃないか。お前さん、正気なのかい」

「正気だし、本気です」

伏見も鶴岡を見返す。

「ところで、デンカよ、これでやれるメドは立っているのかい」

鶴岡がたたみこんできた。

「はっきり言って、技術的には可能です。問題はゼニなしで実施することです。根性と知恵で頑張るのみです」

二人の視線が一つに結んで宙に凝固した。が、鶴岡が視線を外した。

そして二度、三度と読み直してうなずき、立ち上がって庄之助の肩を叩いた。

「いいだろう、分かった。これでいこう。あとはしっかりやってくれ。俺もこれに賭ける」

＊

日日新聞久保写真部長は、庄之助の話を聞き終えると、一肌脱ごうと乗り出してきた。早速、テレビ局舎の図面を見ながら、計画の概要を作ってくれた。

それによると、テレビ塔の四本の脚柱を光らせることを主眼とし、補助的にテレビの局舎の輪郭を浮かび上がらせるようにする。そのためには全長百三十メートルの柱に十三センチ間隔に閃光電球を装着する。そして輝度をあげるため、一カ所に二個の閃光電球を取り付ける。

そうすれば、一本の脚柱について二千個、四本で八千個、あとは局舎の輪郭を浮かせるのに同じ要領でやれば二千個、合計一万個になる。そしてこの電球を取り付ける電線の総延長はざっと七千二百メートルになる。

「デンカ、これだけのことをやればな、電球の値段だけで二百万円は越える。ケーブルや作業コストを加えると四百万円にはなるだろう。俺がメーカーにかけあえば、少しは安くしてくれるだろうよ」

「先輩、どうもありがとう。でも話はそこからです。僕にもメーカーの偉い人を紹介してください。全部、タダでやってくれって頼むんですから」

久保の口ききで東京写真工業の山崎専務に会うことができた。技術畑に育った人らしく、じつに地味である。山崎は伏見の計画を聞き終えると、

「わが社の製品は、宣伝をしなくても順調に売れているんです。無料でテレビ塔を光らせなきゃならない理由がありませんね」

言葉こそ丁寧ではあるが、山崎はぴしゃっと話をはねつけた。

伏見はこの時、山崎に一本調子で懇願してもダメだと覚った。そして、この人の技術屋気質に食い込む以外にはないと見て取った。

それから連日、伏見は山崎のもとへ顔を出した。

伏見は作戦を変えた。伏見は山崎に持ちかけることにしたのだ。

「電球の閃くのを撮影する場合、カメラの露出はどうすれば良いんでしょう」

山崎は顔をほころばせて、親身に応じてくれた。

「おたくは放送局なんですから、電球を発光させる時刻を決めておき、ラジオで実況中継でもすれば、カメラマンは、それに合わせて直前にレンズを開放にすれば、確実に撮影できますよ」

庄之助は、懸命に質問を考え出し、それを山崎に持ち出す。ときには久保からも智恵を出してもらって想定問答の質問を作り出した。

日が経つにつれ、伏見と山崎の間で、話題が真剣な課題となっていく。

そうした日々が続いて三月はじめのある日。伏見が山崎のもとに顔を見せると、

「伏見さん、お宅のテレビ塔の曲線は、どうなっているんですか……」

と、いきなり山崎が質問してきた。

「おや、どうされたんですか。いつもと様子が違うじゃありませんか」

伏見が反問するのに山崎は、

「伏見さん、あなたはじつに巧みな技術屋殺しだ。この計画の相談を持ちかけられたのが運のつ

きで、ついほだされて親身になってしまいました。役員会にはかったところ、全員が賛成してくれました。いいですよ。わが社は全面的に、この企画を無償で協力します。それにしても、すごい粘りだ。それにあなたは喋りはうまくはないが、たいした雄弁ですな」

「ありがとうございます」

伏見の胸から何か熱い思いが吹きあげてきた。

＊

その夜の小菅……。

庄之助は後藤と二人で乾杯の盃をあげた。

「後藤君、俺の企画が実施されることになった。いよいよ仕掛けを取り付ける君の出番だ」

「伏見さん、やりましたね。あとは任せてください」

そこへ亭主の明正が割りこんできた。

「よかったねえ、デンカ。あの丘の上でお祭りとなりゃあ黙っちゃおれないんだ。なぜかってえと、古巣だからでさ。俺は近衛歩兵第三連隊、つめていやあキンポサンの上等兵だったのさ。今夜の酒は、俺がおごる」

三人がそれぞれにうれしい夜である。亭主がつづけた。

「昔、俺たちはさ、天皇陛下の誕生日、つまり天長節にだよ、軍旗を先頭にしてよ、背嚢《はいのう》背負って小銃担ぎ、陛下の前を分列行進したことがあるんだ。ま、俺の晴れ姿だったよ。今じゃ、テレビ屋さんのお披露目ってことか。すっかり時代変わりしちまったよな。それにしたってめでてえことだよ」

明正は右手を丸めて唇にあてがう。それがラッパのつもりだ。

「トテチテチータッタ、チータッタッタチタッタ、トテトテチータッタ……」

「さしずめ、テレビ塔が俺たちの軍旗かもしれないな。よしっ、今夜はとことんやろう」

庄之助も、そのラッパにならう。徳利の数が一本、二本と増えていく。

「ここまでくりゃあ、キンポサンの軍歌だ。旦那たちも俺の戦友だぜ」

明正がカウンターから椅子席へ出てきた。そして、

ああ天《あま》つ日のくれないに
染《そ》みてはえあるこの旗は

声張り上げて軍歌を歌い出す。

国難至るたびごとに　見よ陣頭《じんとう》にひるがえり
将卒《しょうそつ》の血を湧かしめて　勝利を常に来たすなり……

果てしない行進が続く。いつしか二人も声をからして歌っていた。

＊

その数日後、東京写真工業から閃光電球《フラッシュバルブ》を取り付けた長い電線が運び込まれた。後藤はそれらを束ねて、テレビ塔に上り、四本の脚に装着しつづけた。雨の日も風の日も、後藤は上った。誰にも見せなかったが、階段の手摺りを掴む掌は擦《す》り剥《む》けて血みどろになり、固まらないままである。

三月二十六日土曜日。朝から雨だ。

後藤は、雨合羽に身を包んでテレビ塔に上った。東京港も雨に霞んで視界から消えている。後藤は各部の点検をはじめた。

四本の主脚に取り付けられた閃光電球の列は、雨に洗われて出番の時を待っている。三日間にわたり細心の注意をはらって組み上げた作業だ、どこにも異常はない。

背負っていた携帯無線機《ハンディトーキー》で

「タワーのセッティングOK」

と連絡して下へおりた。

夕方になって雨はあがった。

日日新聞は、テレビ塔を主題に写真コンテストを企画して、協力してくれた。このため、赤坂の丘の上には、大勢の群衆が詰めかけ、カメラを三脚の上に装着して準備していた。

伏見もその中にいた。

ラジオ武蔵は、この日のためにラジオの特別番組を組んでいた。

「みなさん、どうか窓を開けて赤坂の方角をご覧ください。数十万のカメラファンが、かたずをのんでその時を待っています……」

と実況アナウンスが流れる。

「さあ十秒前です……五秒前、四、三、二、一」

午後七時五十五分。

厚い雲に覆われた東京の夜空に、二千三百万ワットの閃光が飛んだ。

テレビ塔がくっきりと浮きたった。

連なった電球は瞬時にきらめき瞬時に消えた。

仰ぎ見る鉄塔の閃きは、夢幻の宇宙に果てしなく伸びる階段のようだった。

消えやらぬ残像が一秒、二秒……。

それは伏見の心に灼きついた。事前に何十度となく瞼に思い描いていた映像と寸分の狂いもなかった。

「伏見さん、あたしの体まで閃いたみたいでした」

後藤が笑っている。その隣に明正がいた。直立不動の姿勢をとり、右手を大きく回して敬礼した。

三人でうなずきあう。その六つの瞳が潤んでいた。

局舎の玄関先に鶴岡が立っていた。

「庄ちゃん、ありがとう、よくやってくれたな。いや、本当だ。テレビ塔を閃光電球一万個で光らせる。後にも先にもそれだけのことだよな……」

鶴岡の顔がくしゃくしゃになり、途中で言葉は途切れた。

その翌日、伏見は後かたづけの事務に取り組んだ。経費の精算伝票を書きはじめる。

机の上に拡げた伝票の数は三十七枚、締めて十八万五千円となった。

日の出、日日など各新聞の朝刊は、いずれもテレビ塔の閃きを写真入りで記事にしていた。

伏見は丹念に、各紙に掲載されているその記事の行数を数え、記事スペースを広告の掲載料金に換算してみる。すると少なくみても百十五万五千円と数字を弾きだせた。

小さく肩をゆすりながら、伏見は口ずさんでいた。

「ああ天つ日のくれないに……」


『TBS新調査情報』一九七十年一・二月号所収

東京テレニュース

昭和三十年、日本最初のキャスターニュースが

昭和三十年一月半ば。

赤坂の丘の上に、昭和二十九年の暮、新しいテレビ塔が出現した。東京で三番目のものだ。すっきりとしたスカイラインを冬空に描いて、映像の戦国時代の幕開けを予告している。

ラジオ武蔵は社運を賭け、昭和三十年四月一日にテレビの本放送を開始する。その日まで二ヵ月余。テレビ塔の下の局舎では、準備に追われている。

「ずいぶん冷えるけど、自分の家ってのは良い気分だな」

がらんとした広い室内に、石油ストーブが一つ。そこだけがわずかに温かい。それを囲んでオーバーの襟を立てた人の輪に微笑が浮かぶ。

「局舎はもちろん、なんだかんだで、テレビに八億円注ぎ込んだって」

「資本金は一億円ちょっとだから、ありったけの持ち金と借金でまかなったんだよ。もう後にはひけないね」

ラジオ武蔵は、東京で最初の民間放送局として順調に業績を伸ばしてきてはいるものの、本社、ラジオのスタジオは、いずれも借家住まいなのだから、自分の家と言ったのには、しみじみとした実感がこもっている。

「それにしても、テレビで飯が食えるのかなあ」

それに答える声はない。

この時期、首都圏のテレビ受像機の数は約五万八千台、とても広告主《スポンサー》がつくような状況にはない。先発の大和テレビは、主要な駅前や盛り場に「街頭テレビ」を設置、プロレス中継に力を入れて視聴者の増大をはかっているが、これも苦戦しているのだ。

「おいっ、うちの連中は集まれや」

甲高い声が、飛んできた。声の主は青江靖だ。

「大声さんの命令だ。さ、また訓辞をうけたまわりますか」

数人がお先にと人の輪から抜ける。

二階の大部屋が、編成・制作部門に割り当てられていた。机も数えるほどしかない。

その片隅がテレビニュース課だ。青江は、報道部副部長、元日の出新聞社会部記者だ。机の上にあぐらをかいて、十人足らずの課員を前にしゃべりだした。中肉中背、癖毛の髪を後に梳き、赤ら顔のまんなかにぎょろっとした二つの眼が光っている。

「俺が一昨年アメリカで見たのは、キャスターが語りかけるニュースショウや。生身の人間が語りかける話の芸や。本人の知識や個性や感性が視聴者に伝わるんや。俺はこれが本命だと思うたね」

入社二年目の峠昭六には、青江の意気込みだけは感じるが、ニュースショウの具体的なイメージは分からない。

「先発の二局のニュースは、ニュース映画の方式じゃないですか」

と問いただしてみる。

「俺は戦後の一時期、ニュース映画を作っていた。見出しタイトルの次に内容項目を映画《フィルム》で見せる。その背後にアナウンスと効果音楽が入る。劇場で劇映画の前に見せるものとしては、あれなりに完成している。だけどな、テレビがあれの猿真似をすることはない。ま、今はな、街頭テレビが主力やけどな。もうすぐみんな茶の間で見るようになる。だから、ニュースはニュースショウにせなあかん」

主任の武部がポンと手を打った。

「お話はそのへんで、リハーサルやりましょ。じゃ、カメラについて」

カメラというのは、横が約一メートル、縦が約四十センチの長方形の板四枚を張り合わせて四角い筒を作り、中空の二面をそれぞれレンズ側とファインダー側とし、約六センチ幅の角材で三脚を取り付けたモノだ。レンズ側だという前面には切り込みをつけ、四角く切り抜いた板を挿入し、その板を取り替えることで、映像のサイズを変化させる趣向だ。

この「木箱カメラ」三台を使って、ニュースの画面構成と番組の進行、つまりディレクティングをやるのだ。

稽古が始まった。演出部のスタッフが遠巻きにして笑っている。

「スタジオ」とされる真ん中の机にはアナウンサーがキャスターとして座った。

青江は「カメラ」の後ろにいる中山を指差して、

「一カメ、キミはいま、キャスターをなんのサイズで撮っているのかね」

中山は白けきった声で
「バストサイズですよ」

「キミィ、ちがうじゃないか。レンズが75ミリになっとるぞ。それじゃ顔のクローズアップになってしまう。レンズを換えろ」

中山が不服げに床に置いてあった板の切り抜きから、サイズの広いものを取り出して箱の前面に立てた。

青江はさらに右手を振りかざして
「二カメ、キャスターとゲストのツーショット」

アナウンサーは、新聞の切り抜きを机においてニュースを読み上げる。

「政府は、近くロンドンで開かれる日ソ交渉を前にして……」

「キミィ、原稿を読むな。話すんだ。茶の間の家族を相手にしゃべるんだ」

青江はアナウンサーに顔を近づけ、生の声で話しかけろと、注文する。

「昭六ッ、ぼーっと立ってるな。ファインダーからキャスターを見てろ」

こうした状況の中で、「テレビ屋」の武部だけが生き生きしていた。大和テレビから転職してきた経験者だけに、余裕がある。

「昭ちゃん、青江さんの話は、ときどき調子が外れるけど、中身は正解だせ。ともかくファインダーからモノを見ることとさ。画面の枠組みの中には、入れて良いモノと入れないモノ、どのサイズってのを決めるのよ」

昭六は、意識を集中する。だが、木枠の中に捉えているアナウンサーからは、何も読みとれはしない。

*

青江は、さまざまな思いを、脈絡なくやつぎばやに口にした。

「つまりやね、俺たちの制作するのはテレビのニュースや。つめて言えばテレニュースや。うん、『東京テレニュース』ちゅうのは、タイトルとしては悪くないな。みんな、賛成してくれるならこれでいこう」

賛成も反対もない、即座にして『東京テレニュース』と名前が決まってしまった。そしてさらに、

「これまでにないニュースショウをやるにはだ、スタッフが水も漏らさぬ緊密な共同作業が要る。それにはだ、ありきたりの四角のデスクは止めて、蜂の巣のような、つまり六角形のデスクを作らせよう」

「えっ」

課長の松田は絶句し、他の誰にもそれは理解できなかった。

「なんだかよ、ほら有機化学の亀の子構造みてえだけど」

「立体にするなら、いっそ二階建てのデスクの方が良いよな」

数日経つと六角デスクが運ばれてきた。デスクの中央は、一段高くなっていて、そこには電話機を置いた。きわめて満足げな青江の解説によれば、日の出新聞社の社会部では、六角デスクを使用することで、良質の迫力ある紙面を制作しているのだとも言った。

「キミィ、この電話から原稿を受けたり、連絡をとったりしてだ、僕たちはだ、おおいに活躍……」

青江の話を聞いていた昭六は、青江の話をさえぎった。

「あのですね、僕らは日の出新聞じゃないんです。わがテレビニュース課には、十人そこそこの人数しかいないんですから、外からジャンジャン電話してくる人間は、いないんじゃないですか」

「バカッ、何を言うのか、君は……」

一瞬、青江は言葉につまったが、

「うむ、それならそれでだ。キミィ、こちらから電話をかけて積極的にやるんだよ。その意気込みがなけりゃあ、ニュースショウはできんぜ」

青江のボルテージは、ぐんぐんと高まっていく。

稽古に明け、稽古に暮れて、連日の泊まり込みになってしまった。

青江が自信に満ちた表情で
「キミィ、新聞紙にくるまるといいんだよ。ぼかぁ、戦後しばらくは社会部のデスクで住み込みしとったが、悪くはないぜ」

と実演指導をはじめた。それは、新聞紙を二、三十枚広げて掛け布団代わりにする。すきま風が気になると体に密着して巻き付ける。それでも寒いときは、新聞紙をもんでからシャツの下に巻き込むと、体温の放散を防いで、ほどよい温もりとなる。戦後十年を数えて、モノがないわけではないのに、戦中派の青江は高揚していた。

実際に寝てみると、新聞紙は少しでも体を動かすと、ざわざわと音がした。昭六は腹が立った。だが、体は疲れきっている。それを気にはしていられない。三日も経つと、すっかりなじんで熟睡するようになった。

＊

三月に入ると、ようやく「木箱カメラ」に代わり、本物のスタジオで本物のカメラが、使用できるようになった。そのかわりに、スタジオをガラス窓越しに見下ろす副調整室《サブコントロール》でディレクティングを実習することとなった。

テクニカルディレクター（ＴＤ）に、

「一カメ、キャスターのミディアムショット、三カメは地球儀のアップを押さえて」

などと指示していく。

だが、昭六は、どれほど真剣に稽古しても面白くはならなかった。青江が熱狂的に主張する、キャスターが画面でしゃべることが、新しい形式なのかが理解できないからだ。そうした気分が自ずと現れたのだろうか、

「昭六、なんだ、そのディレクティングは、まるでなげやりじゃないか」

青江の叱声が浴びせられた。瞬時に昭六は、本心をかくすまいと決意した。

「ばれたみたいだから言います。少ない人数のスタッフで手数をかけてキャスターにしゃべらせなくても、良いんじゃないですか。僕にはですね、ニュースを伝えるのに、ニュース映画の手法は悪くないと思うんです」

青江は言葉をのんだ。その表情が凝着し、すぐに蒼白に変じた。昭六の背筋を冷たい戦慄が走った。

「キミィ、今、何を言っているのかわかっとるのだろうな」

「青江さん、本音を言ってるんです。これは、僕一人だけの思いじゃありません」

青江が視線をそらした。唇をかみ、瞑目して、激情を抑えている。

「俺もキャスターを出すのには、体を張ってる。そいじゃ、文句があるなら、お前がキャスターをやってみろ」

青江は昭六に、キャスターの椅子に座るようにと指さした。

「カメラ前で、言いたいことは、吐き出してみな」

昭六はカメラをにらみつける。

「ニュースは、視聴者に正しく分かりやすく伝えるべきです。そのためには、何よりも分かりやすいニュース原稿をつくることです。キャスターがカメラの前でしゃべろうが、フィルムの後ろ側でしゃべろうが、そんなことは関係ない……」

昭六は懸命に語りはじめた。ずっと、考えていたことだ。話はよどみなく出てくる。話の区切れ目で一呼吸入れた。

つと、モニターに視線が飛ぶ。そこには、自分の顔が映っている。

「あれっ、この顔は悪くないな」

と感じた。打ち込んだ顔は、われながら迫力がある。

とたんに、照れくさくなった。そして笑いがこみあげてきた。わだかまりがどこかへ消えている。

「いや、まいりました。カメラに心意気をぶつけるのは、さわやかです。それに僕の顔も捨てたモノではないようですし」

「昭六さん、立派な演説だったぜ」

青江も笑っている。

「生身のしゃべりは、説得力があるようです」

青江もいたずらに年輪を重ねているのではないと、昭六は頭を下げた。事の成り行きを見守っていた同僚が、

「昭ちゃん、今の実演のおかげで、納得がいったよ。やっぱりニュースショウでいこうよ」

武部が口をはさんできた。

「昭六、だから俺が言ったじゃないか。テレビ屋はファインダーからモノを見ることだって」

昭六は言った。

「自分でやって分かったんだけど、カメラをにらんでるのは、辛いんです。カメラの脇に誰かが立って聞き手になってくれると話しやすいんですがね」

ところで番組の柱となるキャスターを、誰にするかが難問だった。青江は日の出新聞の元アメリカ特派員大川一郎を口説きおとした。

大川は銀髪を七三に分け、灰色のツイードのジャケットの胸元に、赤い水玉模様のネクタイを締めている。太い黒縁の眼鏡が色白の風貌によく似合ってどことなく粋な雰囲気が漂う。

「さあ、本番のつもりで稽古をはじめようか」

青江のわめき声が副調整室からスタジオにひろがった。

＊

みなさん、こんばんは、大川一郎です。伊豆の大島は、すっかり春の気配にわきたっています。

まずフィルムで見てください

大川の頬が紅潮してきた。口調が早くなる。大川はこれまで、話の上手下手を問われることはなかったからだろう。視線が机に置いた原稿とカメラの間を忙しく往復しはじめる。

「大川さん、カメラの前でコチコチになってしゃべってるんじゃダメですよ。もっと自然に話してください。カメラ脇の聞き手を相手に、手を使ってジェスチュアをいれてもいいし、立ち上がって動いてもいいんです。大川さん、あなたがこのスタジオのボスなんですから、落ちついてしゃべってくれりゃあいいんです」

大川の首筋に脂汗が浮き出ている。毎日、稽古が繰りかえされ、すこしずつ大川も慣れていった。

＊

昭和三十年四月一日、朝からしとしと雨、とうとう開局の日だ。

赤坂の町内会が一つ木通りにアーチを建て、氷川神社の神輿《みこし》を持ち出して祝ってくれた。局舎の屋上には二つ三つと気球《バルーン》が上がり、打ち上げ花火が景気をつけていた。紅白のまん幕を張ったテレビの坂を、つぎつぎに招待客の車が上ってくる。

午前十時、本放送の開始。Aスタジオに約六百人の来賓が出席、市川猿之助、市川段四郎、坂東三津五郎が二人三番叟《ににんさんばそう》を演じ、それはそのまま放送される。

テレビニュース課にも、前日までとはちがう緊張があった。

青江は六角デスクを前に一言、

「さあ、本番は、出たとこ勝負や」

課長の松田は、カメラを手にして取材に出かけるカメラマンたちに、

「頼みます」

と、そのつど几帳面に頭を下げて送り出していた。

主任の武部は『東京テレニュース』の最初の進行表を書いていた。

編集室では、現像を終えたフィルムを試写するやいなや、すぐに切り刻み、編集していく。

「ちゃんとつなげよ」

「ばっちり、一分で仕上げたよ」

午後六時三十分、大川キャスター以下、スタッフがBスタジオに入った。

番組の広告主はとうとうつかなかった。自主提供番組《サスプロ》である。

副調整室の武部が、

「本番一分前」

午後六時四十四分、ブザーが鳴ってスタジオの中が静かになる。

昭六はフロアディレクターだ。カメラの横に立つ。

「三十秒前……十秒前、六秒前、ハイッ、オープニングフィルムスタート」

昭六は、腹の芯からつきあげてくる衝動を熱く感じていた。


こんばんは、ラジオ武蔵テレビジョン、最初のニュースをお送りします

大川はぴょこんと頭を下げたあと、話しはじめた。

きょうから緑の週間がはじまりました。『植えよう、みんなで野に山に』という標語を中心として全国各地でさまざまな行事が繰り広げられます

「フィルム一番スタートして」番組の送出画面がフィルムに切り替わる。その背後で、

東京駅八重洲口では、高校生などによる緑の羽根募金が行われました

と、大川の言葉がフィルム画面に重なる。ふと大川が忙しげに瞬いた。

「武部さん、大川さんが少しピンチだ。聞き手を追加して」

昭六がヘッドセットで連絡すると、青江が副調整室から駆け降りて、カメラの脇に陣取った。


政府はきょうの定例閣議で、日ソ交渉の日本側全権に、松本俊一氏を推すことをきめました。

つぎはお医者さんの話題です。第十四回日本医学会総会が、京都大学本部大ホールで開かれました

画面は、新聞社から借用したぼやけた電送写真だ。フィイルム映像が使えないのは、関西地区の民放テレビ局が、まだ発足していないからだ。

青江はうなずいたり、笑顔を見せたりしはじめた。夢中でキャスターの聞き手役を演じている。

大川の口調は、立ち直った。青江の応援が効いたようだ。


この総会には全国の医師の三分の一にあたる約三万人が参加し、アメリカ、イギリス、フランス、ドイツなど六ヵ国から約六十人が出席、四十四の分科会、六十六の会場で、五日間にわたり、七千件を越える研究成果が発表されることになっています

昭六は、ニュース原稿を書き写した大きい紙を胸元に保持して、大川に見せなければならない。そうしながら、指で合図したり、うなずいたり、聞き手の役もこなすのだ。秒針の一刻み一刻みに血が波立つ。

大川はカメラの両脇の青江と昭六に均等に視線を絞っている。俳優の目配りのようだ。ぎこちなさはあっても、それはまぎれもない等身大の人間の語りかけだ。

よそのニュース番組とは異なった、ニュースショウだ。とうとうやった。

「エンディング、スタート」

六時五十九分三十秒、番組終了。

「おつかれさまでした」

大川が深いため息をついた。青江が数歩踏み出して手を握り、

「やあ先輩、おかげさまで第一回は無事に出ました。ありがとうございました」

と丁重にあいさつする。その青江の顔面からも、汗が噴き出している。大川の顔がようやくほころんだ。

六角デスクに戻る。すでにビールの栓があいていて、誰もご機嫌だ。

「大川さんも、大物だよ。いざとなると決まってたもの」

「よその局のテレビニュースとはまるでちがうのを出したもんな。キャスターってのは、もしかしたら新しい話芸の人かもしれないな」

みんなホッとした顔をしていた。

＊

「青江さん、それでは小生は久しぶりに帰宅しますから……」

と昭六が言いかけると、

「ふざけるな、キミィ、何を言っとるのか。月曜日の準備をすぐやるんやで」

「ですから、あした出社したらすぐに段取《ど》りをつけます」

「キミィ、甘ったれるな。お前もニュース屋の端くれやろが」

青江は眼をむいている。この剣幕では、住み込み社員の毎日が、まだ続くようだ。

「そいじゃ、風呂にでも行くか」

昭六は手拭いを持って立ち上がった。

一つ木通りの中ほどにある金春湯《こんぱるゆ》ののれんをくぐる。このところ、すっかりなじみになっていた。

「あら昭ちゃん、お宅のテレビがはじまったわね。おめでとう」

番台に座った女将のねぎらいがうれしかった。すっかりこの町の住人になったようである。

浴槽で温まると、眠くなってくる。本番の終わった充足感だ。

昭六が体を洗いはじめると、隣りに角刈りの初老の男が腰をおろした。

「兄ちゃん、もう仕事じまいかい」

昭六がうなずくと、

「きょうは赤坂で棟上げがあってよ、お施主さんからご祝儀いただいて気分が良いんだよ。湯から上がったら一杯やんだよ」

「棟梁、そりゃ良かったね。俺も、今、店開きをすませたとこなんだ」

「そいつあ縁起が良いや。まあおたがいさまに元気でやろうやね」

男は手拭いを肩に立ち上がった。

「昭六、キミは立つのかね」

昭六が首をひねると、真っ赤にゆであがった青江の顔があった。

「やだなあ、立つって何ですか」

「バカッ、男が立つかといやあ、勃起にきまってるよ」

「僕は若いんですから、しじゅう勃起です」

「そうか。俺はな、今年になってからは、全然ダメになったぜ。テレビ・インポってのはウソじゃないな」

「青江さん、あんまり大声あげて怒鳴ってばかりいるからですよ」

「む、そうかもしれんな」

なぜか青江は素直にうなずき、丁寧に問題の一物の手入れをはじめた。眼鏡をはずした横顔に疲労の色が濃い。

「いささかお疲れ気味なんですよ。それにしても、見事に執念が実ったじゃないですか」

昭六は、それを口の中でつぶやいた。


『TBS新調査情報』一九七十年三・四月号所収

テレビルポ「熱海」

昭和三十年、最初のテレビルポに取り組んで

昭和三十年二月十八日。

この年の冬は、例年にくらべて寒さがきびしい。

快晴、朝九時すぎ。赤坂テレビ村の住人たちは、山王下で都電から降りると、オーバーの襟を立てて足早に出勤してきた。

テレビニュース課では、スタッフが朝刊を読んでいる。誰かの声がした。

「君、坂口安吾が亡くなったんだってね。四十八歳っていやあ、まだ若いのにね」

この日の朝刊社会面の目玉記事だ。

「僕は無頼派の作家の中でも、この人の作品は嫌いじゃないんだ。西の織田作之助、東の太宰治、そして安吾、今や亡しです。時代の切れ目なんでしょうかね」

三崎守衛が長髪をかきあげて、それに応じると、青江副部長が割って入った。

「やあ、文学青年君。安吾さんの追悼も結構だが、話がある。君は最初のテレビ・ルポルタージ

ュを作ってくれ。長さは十五分、放送は四月八日金曜日午後八時からだ。撮影は成川さん、編集は綿貫君だ。たのむぞ」

青江は用件だけを言うと、他の連中にニュースの稽古について指示しはじめた。とりつくしまもない。

守衛は苦笑した。細身の背筋を伸ばすと、隣にいた綿貫に話しかけた。

「綿貫さんまでとばっちりを受けましたね。あの人は、見境なく一発かますんですよね」

「三崎さん、ラジオで番組作ったことありますか」

綿貫は、腕組みしている。

「ありません。新聞社から送られてくるニュースを放送原稿にしていましたから」

「それはそれは。若武者の初陣ですね。ネタにアテでもありますか」

「いや、全く発作的なのですけど、近場で熱海ってのはどうかなと思います。僕のイメージを言えば、全体の調子としてはですね、熱海を舞台にした人生模様を軽いタッチで仕上げたいですね。それなりの哀感をどれだけ盛りこめるかが、そこが作品のできを左右することになりますよね

……」

「おや、もうすっかり入れ込んでるじゃないですか」

「大学で、同人雑誌に小説を書いていたときの気分になりました」

守衛は頭をかいた。少なからず血が騒ぎ出したのだ。

「あなたはラジオ出身ですから、口はばったいことで恐縮ですが、『活動写真』の組立てについて

ちょっとだけ言わしてください」

と綿貫は口調を改めた。

「十五分番組だってことは、正味内容で十四分。一つが、二、三分の話が、五つから六つあればまとまりますよね。ここで『話』っていうのは、一つの挿話ってことです。それに、カメラで何かを映すいちばん短い時間は、五秒だと思ってください。つまりそれが『一カット』です。長目で十秒から十五秒ぐらいでしょう。それを頭に入れてみると、一つの話ってのは、二、三十カットで仕上りますよね。それを目安にして撮ってきてください」

綿貫は腕組みして、眼鏡ごしに守衛の理解を確かめようとしていた。

＊

東京から熱海まで特急列車で一時間半。列車から降りると、すぐに成川は撮影しはじめた。数十人はいる駅前番頭の呼び込みを狙ったのだ。守衛の前にも、五十過ぎの印半纏《しるしばんてん》をまとった男が現れ、笑みを浮かべて頭を下げた。

「ようこそいらっしゃいませ。手前は、老舗の山紫荘の番頭でございます。お泊まりは、お一人さま千五百円から。お部屋に風呂がございますので静かな夜を味わっていただけます。ともかくお荷物をこちらへ」

名入りの提灯を手にした見事な口上につられて、荷物を渡す。宿の部屋に入ると、

「戦後十年、世間もようやく落ちついて会社の慰安旅行、得意先の招待旅行といった団体客が増えております」

番頭氏は、熱海を訪れる客の傾向を話してくれた。

旅館の調理場は、戦場さながら。むっとする熱気の中で、百人を超える夕食が作られていた。

「最近はもう、マスプロとやら言うんですか、大勢のお客をこなすんで、まるで軍隊の調理場みたいになりました」

と前置きして、六十年配の板前は、

「和《あ》え物、煮物、焼魚、刺身、茶碗蒸し、蛤の吸物、カツレツ、海老フライ、それに鍋物までつけるんです。まるで、デパートの大食堂のメニューを、並べたようなものになってますよ」

手順良く盛りつけられた膳は、ワゴンに積んで広間へ運ばれる。

「板さんもお姉さんもすみませんねえ。これがあたしの仕事なもんで、勘弁してください」

この喧騒の中で、成川は愛想よく頭を二度三度下げては、シャッターを押していく。守衛は照明ランプを持って成川のあとを懸命に追いつづけた。

会社の団体旅行は、大広間の上座に、部長さんを据えて沸き立っている。

伊豆の山々　月淡く
灯《あか》りにむせぶ　湯のけむり

熱海の宴席はこの歌で始まる。

喉自慢の上司が歌いだすと、誰もが手拍子を打って調子をあわせていく。ビールの瓶が畳に何本もひっくりかえっている。舞台にお座敷ストリップが登場したころは、もう誰もカメラのことを気にしてはいなかった。

＊

「しっとりしていいよね」

成川は、朝食のお茶代わりにとビールを傾けていた。夜半からの雨に、庭の梅も濡れている。

「この雨を磨いて使おうよ」

成川はいたずらを思いついたように笑った。守衛には見当がつかない。

「えっ、何ですか」

「いや、カメラの小技《こわざ》なのよ」

成川は、にんまりしている。カメラを手にして立ち上がった。

「バッテリーライトで、雨足を下から上へ向けて照らして」

成川はカメラを構え、梅の小枝を前景に入れて、それを上から撮影した。

「俺が照らすから見てみな」

守衛が手渡されたカメラのファインダーから覗くと、雨の粒がそれぞれに光を宿して落ちていた。

「成川さん、これは使えますね」

「おだてられて思い出したんだけどね、俺は大東亜戦争の末期、関東軍の報道班員として満州とソ連との国境に取材に行ったことがある」

成川の眼が、何かを探し求めるように瞬いた。

「取材規制だらけで、国境線はだめ。味方の陣地はだめ。撮れるのは、ほとんどなかった。ある日、兵隊が銃を構えて歩哨に立っていた。降り続く雨の日さ。俺は、鉄兜を雨が濡らし、それが滴となって落ちるのを撮った。兵隊の睫毛も濡れていたさ。これを柱にして、兵士たちの勤務を描いた。上官に命を預けて、任務についてる、切ない兵隊の気持ちを伝えたかったからさ。流行歌じゃないけど、今でも雨はきらいじゃない」

成川の銀髪にも、雨の滴がいくつか光っていた。

＊

温泉場には男たちの遊び場がある。糸川がそれだ。南北に抜ける通りの市場にアーチがあり、それを挟んで五十軒ほどの娼家が軒を連ねている。「モンパルナス」「白夜」「社交サロン小森」などのネオン看板で飾り立てていた。それぞれの店には数人の女がいて、小部屋で客に春を売るのだ。

成川はレンズに黒いフィルターを装着し人目を避けて三脚を立てた。日没前に夜景を作ってしまうのだ。守衛はアーチの柱に垂れ下がっているネオンのスイッチのひもをつぎ足して物陰に潜む。店から女が一人二人と出てくるのをキッカケにして、カメラを回す算段である。千鳥足の男が連れ立って街に繰り込んで来た。

「ちょいと、お兄さん、『山紫荘』のお客さんでしょ。遊んでかない」

「あら色男だねえ、口明けだからさ、遊んでってよう」

「そらあ、そこの眼鏡のハンサムさんたらさ、あんた良い男だねえ、寄ってきなよ」

守衛は頃合いを見て、ひもを引く。アーチに灯りがついた。成川が大きく頷く。絵は撮れたのだ。

女たちはそれぞれの店先に立ち、通りがかりの男たちに抱きついていく。

「ね、あたいが温めたげるよ。サービスしちゃうからさ、遊ぼうよ」

「お客さん、ちょいと恋愛していかない。安くしとくからさ」

「なにさ、趣味で助平やってんじゃないんだよ、アタイッチは助平で食ってんだからね、勘違いしないでよ」

女たちは男をかかえるようにして店に連れこむ。いっときすると、男は店から出てくる。そしてあたりに目配りして、何事もなかったように肩をゆすって去っていく。仕事をすませた女は、もはや相手の男に目もくれない。身づくろいをして次の客に迫っていく。

成川は、カメラに高感度フィルムを装填して風呂敷で包み込み、小脇に抱え、腰だめにして、被写体との構図をはかっている。目標は女と男のからみあいだ。五メートルほどの距離で、さりげなく撮りつづけた。

*

「ちょっと、息抜きしていこうか」

夜の撮影を終えたところで、成川は守衛を通りの外れの飲み屋に誘った。小気味よく杯をあける。守衛も急激に酔いはじめた。

カウンター正面を見ていた成川が、隣に腰掛けている守衛を凝視した。

「あんたはさ、俺がカメラを回すそばに、いつも密着してくれている。その心遣いは、俺にはうれしいことさ。でも、それは料簡違いだぜ。あんたは俺の手下かい」

「はっ、それは」

「いいかい、あんたが俺の手下、つまりカメラ助手なら、言いたいことは山ほどある。俺が言わねえってことはだ、俺の手下じゃないからさ。あんたは一体何なのよ」

「照れくさいけど、僕はディレクターです」

「照れることがいけないんだ。そいじゃ、そのディレクターらしくしなよ。俺はカメラのファインダーに被写体を入れて絵にする。これは俺の仕事だ。あんたが、どれほど撮影する俺の後ろに立ってみても、カメラマンにはなれないさ」

「僕は、どんな絵を撮るのかを勉強してる……」

成川は大きく頭をふった。

「それが間違いさ。あんたはな、俺にどんな絵が欲しいのかの、注文をつける人なのさ。クローズアップだとかワイドショットだとかって、玄人ぶって絵のサイズを指定することじゃない。こうした主題だから、こうしたイメージが欲しいって言えばいいのさ」

守衛は、成川がカメラに賭けてきた長い歳月のことを思った。

「年上の、しかもベテランに指示するってのは、とても……」

「俺を立ててくれるのはいい。でもそれは飲むときにしてくれよ。仕事は仕事だ。あんたがしゃんとしなきゃ、俺もぐっと来るような絵が撮れねえ」

「成川さん、その、注文の付け方ってのには、何か決まりでも」

「冗談じゃねえよ。しっかりモノを見てだ。考えてだ。腹くくってよ。それから、どんどん本音を言やぁいいんだ。男が本気で女を口説くときに、決まりがないのと同じさ」

成川は励ましてくれているのだ。守衛はコップ酒を一気にあけた。

「僕は戦争に負け、みんな死にものぐるいで働いて十年。今、一息ついて深呼吸しているみたいだってことを、熱海で感じてるんです。宴会だって、遊んでるんじゃなく、必死に残業してるみたいじゃないですか。みんな、一生懸命なんです。その一生懸命ってのが僕たちの姿で、それにほろっとしちゃうんだ。でも考えてみると、ちょっと滑稽でもあるんですよ。こんなことが、胸の中で行ったり来たりして、気恥ずかしかったんです。でも、この思いを番組に仕立てたい」

「一息ついて深呼吸か。ちょっと気障だけどさ、そのほろってえのが泣かせるよな。『泣いてくれるなほろほろ鳥よ』ってのは『愛染かつら』の歌の文句や、失敬、からかってるんじゃないぜ。その言い方は間違いじゃない。俺は、ああそうかよと受け止めてから、どうやって、ほろっとする心情を、絵にするかを工夫するのさ。ぐっと感じるような殺し文句を言われると、俺も必死で絵を創る。よし、決まった、それで行こう」

「ありがとう。胸でもやもやしてたわだかまりを吐き出してすっきりしました」

「うれしいね。これでやっと仕事の話ができたんだ。俺の気持ちも分かってくれたようだから、ま、飲めよ」

守衛の中を、酔いにもまして熱いうれしさが走っていく。

＊

その次の夜も、糸川をぶらつきながら撮影をつづけた。

「あんた、ここんとこ毎日、ここで何してんのさ」

フリルのついた赤いブラウスにパラシュートスカートをつけた女が、守衛の目の前に立っている。若さがはちきれるようである。

「お兄さん、あんた、あの親方の下働きしてんだよね。毎晩二人そろっておんなじ荷物持って歩いてると、たいがい何してるか分かっちゃうよ。あたい、ずっと見てたんだ。あたいはここの店、『ラムール』のトシコ。よろしくね。ところで煙草ある」

守衛はびっくりして煙草を取り出した。化粧気のない顔に、口紅だけを軽くつけている。そのことが奇妙に守衛を刺激した。

「あんたさ、本当はインテリなんでしょ。色白だし、手の指だって字書くように長いもんね。それにしても良い男だよ。まるでキンちゃんみたい」

「えっ、キンちゃんって」

守衛は思わず反問していた。

「バカねえ、きまってるじゃん。キンノスケ。剣劇やってる映画スターの中村錦之介だよ。あたいの好みなんだ。ねえキンちゃん、あんたならお金はいいからさ、遊びましょうよ」

女は守衛の両の手を握り、視線を外さない。どうやら戯れ言を言っているのではない。トシコと名乗った女の「お金はいいからさ」との一言に守衛は動転した。顔が紅潮して止めようもない。

「いや、今日はちょっと、その都合があるから……」

「うぶなんだねえ。いいんだよ、あたいがおごっちゃうんだからさ」

トシコは追討ちを浴びせてくる。守衛は女の手を振り切りしどろもどろになって走り出していた。

その横合いで成川が笑っていた。

「キンちゃんてえのはいいや」

＊

熱海の南、魚見崎一帯の約二キロの断崖は、錦ケ浦と呼ばれる。数多くの奇岩が波に洗われる独特の景観だ。この崖から飛び降りて自殺する人が、年間百数十人におよぶ。

守衛と成川が熱海警察署に詰めて二日目の夜、飛び込みがあったと連絡が入り、すぐさま現場へ駆けつけた。

投光器が崖下を照射している。その光芒が、二十メートルほど下の崖の出っぱりに薄黒い人影を捉えていた。ロープを巻いて救助隊員が降りて行く。守衛は携帯用のバッテリーライトで成川の後から救助隊員を照らしだす。下から吹き上げる風に体の芯まで冷えあがる。

やがて遺体は引き上げられた。若者だ。本人は、鳥のはばたくように空を飛び、逆巻潮に身を委ねると期待していたであろう。だが、現実には、直下の崖で顔を強打したのだ。衣服も裂けて顔面は苦悶にゆがんでいた。

熱海の夜を彩る旅館街の灯火が、かなたに冷え冷えと瞬いている。

遺体はトラックで警察署に運びこまれた。

「死因は脳挫傷です。検視結果は明日の昼までに届けます」

と若い医師は事務的に言いおいて帰って行った。

四十代の警察官が手なれた様子で、着衣のポケットをさぐる。所持金はない。数通の遺書が出てきた。明らかな自殺である。そっと遺体の面に白布をかけた。

その翌日の午後、市役所のトラックが遺体を街の外れの火葬場に運んだ。観光都市・熱海は、一人あたり七千円の予算で自殺者の後処理をしている。市の職員が火葬場の係に書類を渡すと、棺はすぐに焼却炉に納められた。

本人の家族もとうとう来なかった。供花もない。読経する僧侶もいない。市役所の職員だけが二人、火葬に立ち会っている。それは業務だからだ。

守衛の立ち会っているのも業務からだ。これからも、人の生死を仕事として関わるのだろうと合掌した。

煙突から立ち昇る淡い煙が、冬空に消えていく。

成川が憮然とした表情でカメラを構えその煙の行方を追っていた。

＊

熱海での撮影もようやく終わった。回したフィルムはざっと千五百フィート、時間にして、四十五分である。

綿貫は、そのフィルムを手早くいくつかのリールに区分けした。

「とりあえず、全部を試写してみましょう」

映写機が乾いた音を立てて回りはじめる。未編集のカットが、脈絡なく映写幕《スクリーン》に投影されていく。

守衛のイメージを、はじめて映像に凝縮したのだ。

宴席で酔態をさらけ出す一人。だが、常に上司に視線を走らせて、拍手していた。

糸川で最初に店に入ったのは、グループの中の最古参格の人物だ。

傷ついた指とボタンの取れた上着が、若者の死を語っている。

帰途につく駅頭で、ネクタイを締め直した中年男は、そのとたんに湯治客から勤め人の表情に変わっていた。

「三崎さん、成川さんとすっかり息があったようじゃないですか」

フィルムを見終わった綿貫が笑顔を見せた。

「あの人はさすがでした」

成川が守衛の意図を十二分に汲み取って「絵」にしてくれていたのが、うれしかった。

「見ただけで撮影意図は、理解できます。あんまり力まないで、しっとりした『絵』にしましょう。僕はそういうのが好きなんです」

綿貫は、はにかみながら言った。綿貫は手際よく必要なカットを抜き出し編集していく。

守衛は鉛筆を走らせはじめた。映像に触発されて言葉を探し求める作業に没入していく。小説を書いていたときよりも、心がたかぶっていた。

本番の四月八日夜、三崎は副調整室《サブコントロール》で待機していた。

テレビニュース課では全員が居残っていた。

午後八時六秒前、守衛は、

「フィルムスタート」

と指示した。声が少し震えている。オープニングタイトルは、煉瓦塀にテレビ・ルポルタージュと題名の一文字ずつを打ち出していく。そして、その下に「熱海」の二文字が浮かんだ。
本編に入った。

熱海の名の由来の大湯間欠泉《おおゆまかんけつせん》
そこから熱湯が噴き出している
坂また坂の熱海の街
熱海駅に到着する列車
降りてくる旅行者
駅前番頭
夜の宴席など……
梅の小枝を濡らす雨
ネオンを映す糸川の流れ
意識的にボカした糸川の女たち
浴衣姿の男たちが女ともつれあう
錦ケ浦の断崖かち遺体の引き上げ
検視をする医師
棺が運び出されて

火葬場の薄煙
空に溶けていく

それは綿貫の言うしっとりとした画調となっていた。守衛の書いた原稿がこれと平行して流れていく。

昔から熱海は湯治場でした。
人びとは、
この湯の里を訪れて垢を流し
出湯《いでゆ》に心を温めてきました。
熱海の宿に、人びとは夢を結び、
疲れをいやして、
家路をたどるのです……
そして熱海は、人びとを迎え
人びとを送る……

「三崎さん、良いですね、筆が決まっています」
腕組みをして綿貫がうなずいた。

番組は、終わりに近づいている。

朝の旅館
帰り支度をした一組の老夫婦
海岸通りで二人は
じっと海を眺めている
金色に輝く海
二人は坂道を行く

その映像に守衛の解説が重なる。

熱海は優しい街です。
酒に酔えないむなしさも、
酔ってしまった苦しさも、
熱海の夜が包みます。
朝の磯風が流します。
旅人が笑顔でサヨナラをいい、
いつかまた来ようと思う、

熱海はそうした温泉街なのです

そして煉瓦塀のタイトルバックに「終」の文字が出た。

全身の力が抜けていく。瞼が灼きつくようだ。

その守衛の両肩に誰かの手が触れた。成川の分厚い拳だ。

「おいキンちゃん、この次も俺と一緒にやろうよな」

守衛はそれを強く握り返した。


『TBS新調査情報』一九七十年五・六月号所収

砂川・一九五五年夏

昭和三十年、砂川闘争

昭和三十年（一九五五）六月十八日。

毎日雨が降りつづいている。梅雨があけるのはまだ先のことだろう。

三崎守衛と峠昭六は、カメラマンの水沢と共に車で砂川へ向かう。五日市街道を走り、武蔵野市から小金井市に入ると、車の往来も少なくなる。ときおり駐留軍の車が猛スピードで走り去っていくだけだ。街道に平行した玉川上水の両脇には、年老いた桜の葉が、そぼ濡れて揺れていた。都心から一時間半あまり、運転手が、

「ぼつぼつ、砂川だと思いますが」

と言ったあたりの左側から、腹にこたえるような爆音を響かせ、星のマークをつけた巨大な四発の飛行機が、離陸していった。

藁屋根と瓦屋根の入り交じった街道沿いの家々には、「調達庁立入禁止」「ＯＦＦ　ＬＩＭＩＴＳ」と記した標識を貼りめぐらしてある。

三人が車から降りる。守衛が、

「なんだか、アメリカと日本の国境みたいだな」

「日米安全保障の最前線さ。さあ、仕事をするか」

昭六は、大きく背伸びした。

ここが東京都北多摩郡砂川町だ。大正十一年に造営された立川飛行場がある。かつての日本陸軍の航空戦力の中核だった。戦後は、アメリカ軍が接収、敷地を拡張して使用している。

昭和三十年四月、第二次鳩山内閣は、駐留アメリカ軍が使用している立川はじめ、横田、小牧、木更津、新潟の五飛行場の滑走路の拡張を決めた。立川基地の北側約五万二千坪を接収し、現在五千フィートある滑走路を、北側へ二千フィート延長して、七千フィートにしようとするものだ。

東京都は、六月二十一日から八月三十一日までの期間を定めて、接収予定地域への立入り調査を行うと告示していた。これに対し、砂川町では町長を先頭に拡張反対に立ち上がった。昭和の農民一揆が、始まろうとしている。

三人は、旧い木造二階建ての砂川町役場を訪ねた。町会議員の内野茂雄が、坊主刈りの頭をゆすりながら、ことの経緯を話してくれた。

「俺はな、戦争中は、お国のためだちゅうんで、兵隊にとられてご奉公したよ。俺たちの農地はな、戦争中に九回、戦争が終わってアメリカ軍から六回も接収されてんだ。飛行場のそばに住んでいるからってよ、なんで、俺たちばかりが犠牲になんなきゃなんねえんだ。でえいち、俺たちが、飛行場のそばにやって来たんじゃねえんだ。日本の陸軍が、俺たちの畑を買い上げて、飛行場をつくったんだぜ。それから飛行場は拡張につぐ拡張でよ、戦時中はひどく空襲も受けたしな」

ふと内野の表情がゆがんだ。

「そしてよ。終戦になるとこんどは、アメリカの基地になっちまった。やたらに車が走りまわってよ。四年前にな、俺んとこの四つになったばかりの娘の雪枝はよ、アメリカ軍のトラックに、家の前ではねられて死んじまったんだよ。俺っちがな、基地の拡張はもう勘弁して欲しいってのが、無理な話だといえるか」

内野に伴われて、三人は砂川町の中心部に位置する阿豆佐味《あずさみ》天神社へ足を踏み入れた。

立川基地拡張絶対反対町民総決起大会が、開かれたのである。ざっと千三百人が集まっている。

神楽舞台に立った町長宮崎伝左衛門こと通称宮伝さんが、突き出た腹をゆすって訴える。

「砂川町は、町ぐるみの闘争をつづけております。本日は、労働組合のみなさんも、われわれの闘争を応援するということで駆けつけてくれました。ありがとう……」

これからはじまるであろう接収のための測量を前にして、労働者と農民の連帯が、成立したのだ。反対闘争は、大きく拡がるだろう。

集会が終わったあと、守衛たちは、基地のフェンスの近くに行った。

滑走路の南端に位置していた輸送機グローブマスターが、全速力で滑走してくる。四つのプロペラが、円形の光彩を放って回転している。ぐんぐんと近づいてきた機体が、フェンスから二百メートルほどの位置で、踏ん張るように機首を持ち上げ離陸した。高度約三十メートル、すさまじい爆音と強風に包まれ、体中が共振する。

畑の中で、ファインダーに機体を捉えていた水沢が、さっと仰向けになってカメラを振った。輸送機が腹部をさらしながら上昇していく。

低い木々が爆風にあおられ、大波のようにざわめく。葉を摘んでいる農民の衣服が、吹き飛ばされそうだ。

「ここは絵になるぜ。気に入ったよ。百姓とアメちゃんのにらみ合いだ。俺は、しっかりカメラを回すよ」

起きあがった水沢が、背中のほこりをはらって、タバコに火をつけた。

「ラジオ様の稼ぎのおかげで、俺たちテレビ組も取材ができるしな」

守衛が依田部長の口癖を真似る。昭六も水沢も吹き出した。

この日から、三人は砂川に張り付いた。そして町役場のそばの農家に頼み込んで、宿泊所と決め込んだ。

＊

守衛と昭六は、町役場の玄関先で、餡パンを頬ばりながらおしゃべりしていた。朝のうちに町の表情を映像にまとめて、本社へフィルムは送ったあとだ。

「昭ちゃんよ、俺たちは、二人きりで取材して、カメラマンに指示しなきゃならないんだぜ。ところがよ、大新聞社やＮＨＫはさ、農家に本部を置いて、専用電話はあるは、警視庁や労働省の担当記者を大勢投入してるんだ。一社当たり二十人以上はいる」

「数もそうだが、問題は人間の中身だ。あの連中は、みんなベテランだ。それにひきかえ、俺たちはまるで駆け出しの初心者だ」

「わが社に上司はいても、取材のコツを教わったことはまるでないよな。仕事の師匠はいないってわけだ」

「民間放送が生まれてまだ四年、新聞社から流れてきた人はいても、放送屋の達人がいないのは仕方ないよ」

「どうやら俺たちは、そこんところを独学というか、自己流でやんなきゃなんないのよ」

「キンちゃん、俺は大学で学生運動に首を突っ込んでいた。その頃の友人、つまりダチ公がさ、労働組合の書記や革新政党の機関紙の記者として、ここに来てるんだ。こいつらとはお互いに、掛け値のないネタの交換ができる。ベテラン記者と対抗する、俺の切り札だ」

「昭ちゃんよ、その筋は大事にしろよな。ところで俺はね、野球をやっていると思えば、取材のカンどころが見えるように思うんだ。つまり、守備側の選手は、いつもボールのゆくえを追っているだろ、この場合は、測量隊がボールなんだよ」

「おもしろい例えだな。それで」

「なに簡単なことさ。ホームベースに相当するのが砂川の現地なんだ。この二点を外さなければ俺たちはとりこぼすことはないぜ。それなら二人でもやれるよ」

「わかった。それでいこう」

二人のうちの一人が測量隊に密着する。のこる一人とカメラマンは、砂川に待機する。測量隊が車で動き出せば、これを途中で追い抜いて、砂川に通報する。無線機がないのだから、この追い抜きで、撮影の好機を素早くつかもうというのだ。

*

六月三十日の午後四時すぎ、五日市街道を西から一台の中型トラックが砂川五番をめざして走ってきた。突如、その後にいた一台の乗用車が、強引にそれを追い抜き前へ出た。見覚えのある車だ。その助手席にいた守衛が、待ち受けている昭六と水沢に目くばせをし、後方をさして走り去る。

水沢がさりげなく脚立に上り、カメラを回しはじめた。近くにたむろしていた報道陣はまだ気付いていない。

トラックが急ブレーキをかけて止まった。縄をかけた荷台から男たちが飛び降りる。総員十名。測量隊だ。「八州測量」の腕章をつけた測量作業員が、道路の端に杭を打ちはじめる。その杭を基準にして測量がはじまった。

他社のカメラマンが弾かれるように立ち上がる。

「あっ、測量隊だ」

火の見ヤグラから、半鐘が打ち鳴らされた。

「カン、カン、カン……」

町のあちこちにちらばっていた人たちが、駆けよってきた。

「何をするんだ」

「話し合いもせずに測量をするとはなにごとだ」

測量隊はもみくちゃにされる。決死の鉢巻きをした地元の人たちが、声を震わせて浴びせかけた。

「杭をぬけよ」

「駄目だ。帰ろう」

測量隊は、そそくさと器材を抱えてトラックに乗りこみ、走りだした。

「やったぞ」

歓声が沸き、労働者の中から「民族独立行動隊」の合唱がおきた。

……血潮には正義の　血潮もて叩き出せ
民族の敵　国を売る犬どもを
進め　進め　団結固く　民族独立行動隊
前へ　前へ　進め…

水沢カメラマンが、親指と人差し指で丸を作っている。撮影はOKだったのだ。すぐさま原稿輸送のオートバイに撮影済みのフィルム原稿を手渡した。

ともかくも本社に連絡を入れなければならない。守衛はすぐに郵便局へ駆けこんだ。

「ボールから眼をはずさなきゃ、勝負になるね」

「昭ちゃん、駆け出し記者の草野球にしちゃ、上出来だよ」

水沢が握り拳に親指を立てた。機嫌がいいのだ。

＊

「今、撮影したフィルムは、いつ放送するんだい」

と腕組みした三十代半ばの上背のある男が話しかけてきた。

「七時のニュースに間に合うといいんだけどね」

「テレビなら、俺んちで見ないか」

町役場の隣りの、赤いトタン屋根の住宅が男の家だった。

「俺はな天城仁朗ってんだ」

お茶を出しにきた主婦は、いつも座りこみの先頭にいる女性だった。

「なんだ、こちらが奥さんですか」

それで一気に堅苦しさが消えた。

室内には21インチの大型テレビが据えてある。

「俺はよ、戦時中は海軍の通信兵、今は、基地で無線機の整備や修理をやってる。それでテレビが手に入るんだ。昼間はアメリカ軍の仕事、帰ってくりゃ一生懸命に闘争をやってんだ」

大画面のテレビで見るニュースはなかなかに見応えがある。

「東京テレニュース」の最初の項目に
「砂川に測量隊　地元民阻止」とタイトルが出た。

アナウンスが入る。


立川基地拡張に反対する東京都北多摩郡砂川町には、きょう夕刻、測量隊が乗り込み、最初の杭を打ちこみましたが……


水沢のカメラワークは鮮やかに測量隊の動きと、地元の婦人たちの表情を描いていた。

ニュースが終わると、天城がいずまいを正して切り出した。

「俺は、あんたたちの動きを眺めてたんだが、二人きりでまあよく動き回ってるね。ところでな、あんたたちの集めた情報をよ、ちっとんべえ聞かしてほしいんだ。そのかわり、俺っちの情報も回すよ。俺は反対同盟の企画部の一人だ。闘争の段取りをつけ、耳と口の役をしている。つまり確度の高い情報をやりとりしたいっちゅうことさ」

守衛も昭六も顔を見合わせた。そして二人ともうなずいた。

「僕たちは、どこにでも顔を突っこんで話を聞くけどさ、僕たちの立場は、どちらにも偏らないということ。他人様から、あいつはウソツキじゃないっていう、信頼感を持ってもらうことだけなんだよね。それを理解してくれるならいいよ。僕たちがしゃべって差し支えないと思ったことは、のこらず話をする。あなたが話をしてくれるなかで、われわれかぎりにして欲しいと言ったことは他に漏らさない」

天城が握手を求めてきた。

「俺もあんたたちにウソはつかないけど、ときには言えないこともある。そのことは分かってほしい。そいじゃ、ギブアンドテークでよろしくな」

＊

調達庁は砂川に三度出動したきりで、その後は動きを止めた。撮影対象のネタが消えたのだ。本社に電話すると課長の松田は、

「二人も人を出しているのに、絵がなきゃだめじゃないか。それにサイドネタの掘り下げが足りないよ」

「すみません。僕たちは未熟な駆け出しですから、先輩が現場でサイドネタの取り方を見せてくれませんか」

守衛は声の調子を整えてゆっくりと切口上で応えた。

＊

「キンちゃん、野球のボールが消えちまったな。俺たちは、地味に情報集めをしないと、これから先が読めなくなるよ」

昭六が、ボヤキはじめた矢先、町のなかに、接収を認めて土地買収の金額をすこしでも多くした方が得策だとする「条件派」十二人が現れ、その数が増えはじめていた。

反対派は激しくこれを非難し、町は二つに割れた。隣同士が、朝夕の挨拶一つかわすことなくにらみ合う姿もあった。両派の子どもたち同士は遊ばなくなった。教室のなかにまで基地闘争の軋みが持ちこまれているという。

こうした状況の変化は、肌身に感じても、絵にはしづらい。

守衛が煙草に火をつけた。

「子どもの姿は、撮れねえな。撮れたとしても子どもが傷つく。だけど、なんとか、町の状況を

浮き彫りにする絵をつくんなきゃな」

「赤坂村のお兄さんたち、動きがないと、撮影できないいんじゃないの」

ラジオ取材課の浅田が、携帯用録音機を肩にして、話の輪に入ってきた。

「……」

三人は、声もなくにらみ返す。だが、からかい顔の浅田は、

「ラジオはいいよ。マイクを出すと両派の話がたっぷり聞ける。電気紙芝居よりは奥が深い」

「おい、喧嘩売りに来たのか」

昭六がいきり立つと、

「ま、本音が出ただけさ」

浅田は、薄笑い浮かべて去った。

「仲間内の嫌味は、頭に来る」

守衛もその後ろ姿をにらんでいた。

水沢がカメラを肩に、口を開いた。

「ファインダーから見えるものは、あるがままのものさ。『絵』に意味を持たせるのは、撮る者の意思さ。そこでだ、キンちゃん、町が割れちまった原因は何さ」

「農地への思いさ。損得勘定と、先祖から受け継いだという情念が絡み合っている」

「そうだ。それが正解だ。町の人の生き方の選択だろ。どちらが正しく、どちらが誤っていると、決めつけられることじゃない。だからさ」

「だから、どうするんだ」

「拡張予定地では、構図の左右両脇のどちらかに墓標をなめるように入れ込んで、人びとの動きを撮る」

「つまり墓標を座標軸にしようってことだな」

「そうだ。後ろから映像画面に地元民の肩と横顔を入れて、その人物の視線を追ういわゆる『肩なめ』の代わりに『墓なめ』でいくのさ」

「墓を額縁にして、その中に絵をはめようって算段だな」

昭六もうなずいた。

「その額縁の中に拡張反対の鉢巻きをした反対派、鉢巻きをはずした条件派を入れよう。水沢さん、頼んだよ。俺たちは、聞き込みに行く」

守衛が昭六をうながした。

*

「久しぶりに、ボールが見える。それに上司もお見えになって」

と昭六がはしゃいでいた。松田課長が初めて現地に姿を現したのだ。

八月二十四日朝。

測量隊は、砂川町三番の南にある立川基地第三ゲートから姿を見せ、測量をはじめようとした。すぐさま、地元反対同盟と労組員のスクラムに押し戻された。そこで左派社会党の国会議員らと東京調達局の不動産部長が、町役場二階で話し合っている。

午後三時すぎ、町役場での交渉は決裂。すぐさま、測量にかかろうとする測量隊の前面に、ピケ隊が立ちはだかってもみあう。

五日市街道から、警視庁第四予備隊の五個中隊約四百人が、砂川五番に到着、座り込んでいた人たちをはぎ取るように突き崩していく。

これを取り巻いている人垣のなかに、警視庁警備課の佐藤が私服でいた。

「お宅の会社は、本気なの」

昭六が、その耳元に話しかけると、

「うちは、今のところ頼まれ仕事だと思ってる。そっちはどうだい」

と、佐藤が質問してきた。

「調達庁はさ、条件派が多数になるように分析してるようだけど、反対派は、ひび割れしてないよ。まだ接収区域で百人は確保してる」

「わかった。昭さん、またな」

「君、あれはどこの会社の人かね」

松田が、けげんな顔をしている。

「会社員じゃなく、警察官です。警視庁は、まだ、本格的な支援態勢をとってないって教えてくれました」

「あの片言を、信頼できるのかな」

松田は、不信を露わにしていた。

＊

その夜、三人は松田を伴って、天城宅を訪れた。

「俺たちの感触では、山場は秋だね。反対同盟はどうするの」

昭六が、すぐさま本題に入った。

「俺たちは、権力とゼニとで土地を明け渡せっていう威しに、意地と損得勘定の二本立てで戦ってるんだ」

天城もすぐに本気で応じた。

「ちゃんと作戦は立ってるの」

守衛がひやかした。

「ここからは、内緒だぜ。今、俺たちは水面下で、調達庁に、現在の拡張案を少し西に移行すれば、反対派も納得して妥結できると持ちかけている」

「どういうことさ」

「条件派の集中している三番地区が、拡張対象になるってことさ。それで、条件派も反対派に逆転させる」

「そりゃ、奇想天外だ。面白い」

「反対同盟の企画部だけの考えだが、反対派にも納得のいくゼニが取れるなら、妥結してもいい。接収対象になってる世帯の生活費、土地面積などを勘案して、条件派を上回る補償額を取りまとめておこうとしてるんだ」

「それは、俺にナゾをかけてるの」

昭六が眼をむいた。

「あんたっちが、調達庁に土地の買い上げ価格の値踏みしてみると、特ダネになるかもな」

天城が笑った。作り笑いだ。

「高値が付いたら、俺たちに、手数料もらえるかな」

「ああ、いいよ」

「じゃ、今晩はこれで失礼」

天城宅から外へ出ると、松田が苦りきった表情で、

「君たちのしていることは、まずいよ。あれでは、まるで情報のブローカーじゃないか」

「取材するってことは、役所の広報課が資料を提供してくれるようなことじゃないですよ」

「僕が言いたいことはだよ、ラジオ武蔵の社員として、節度をもって行動してほしいと言ってるんだよ」

松田は声こそ荒げていないが、顔を紅潮させている。

守衛が気色ばんだ。

「お言葉ではありますが、これは、より確かな情報を入手するための、ごく常識的な活動じゃないですか」

昭六も熱くなっていた。

「松田さん、じゃあ僕たちはいったい何なんでしょう」

松田は、一瞬視線を外したが、

「君たちは会社員なんだよ。われわれは、民放の人間として、新聞記者みたいなジャーナリスト気取りで仕事をするのは問題だということだ」

松田は、言い捨てて帰っていった。

「入社二年目、どうやら俺たちは、会社員として失格したようだな」

守衛は苦笑していた。

「松田さんは、それなりに俺たちの前途を気遣ってくれてるんだぜ」

昭六は、言い過ぎたかなと思う。

「昭ちゃん、俺たちのやり方で、テレビのニュースつくろうよ」

守衛が拳を固めた右手を差し出す。昭六は大きく頷いた。

「ま、出世はあきらめるんだな」

水沢が笑っている。

目の前は、誘導灯がきらめく立川基地の滑走路だ。

三人は、黙って、南の空のさそり座を見上げていた。


『TBS新調査情報』一九七十年七・八月号所収

心に杭は打たれない

昭和三十年、砂川闘争

昭和三十年九月十二日。

立川基地拡張のための強制測量が、目前に迫っている。

「明日から砂川秋の陣だぜ」

「しっかり聞き込みに行くか」

政府は五月はじめ、立川基地拡張を決め、六月には東京都北多摩都砂川町で、接収のための測量を行おうとしたが、地元の激しい抵抗にあって阻止された。そこで、政府は、強い態度を打ち出した。東京都は九月十三日から十月二十七日までの四十五日間、砂川町の接収予定地域への立入り測量を行うと公報に掲載した。国と地元の衝突は避けられない状況にある。

ラジオ武蔵テレビジョンの三崎守衛と峠昭六は、立川市にある警視庁第八方面本部をのぞいた。三階の会議室に、十数人が黒板に多くの顔写真を貼り付けていた。その中に顔なじみの警備課の佐藤がいた。視線が合う。

「重要会議中につき、面会はお断りいたします」

佐藤が席を立って、頭を下げた。

「公務を妨害しちゃ悪いものな」

昭六が嫌みをいうと、

「あとで埋め合わせはつけるよ」

佐藤が笑って扉を閉めた。

「昭ちゃん、連中は何してるんだ」

守衛がいぶかしげな顔をした。

「キンちゃん、あの顔写真は基地拡張反対同盟の幹部たちさ。面割りしてるのよ。つまり、公安部と警備部の担当者が、顔と氏名を確認して、検挙する場合にそなえているんだね」

「警視庁も、本腰を入れてるな」

つぎに、基地第六ゲート前の東京調達庁の立川事務所を訪ねた。二階には、測量機材が手入れされて出番を待っていた。測量会社・八州測量の担当者が、現場の航空地図に、数カ所の基準点を赤く記入している。のぞきこもうとする二人を、係員が険しい顔で制止した。

「こちらもすっかり真剣だな」

「とりあえず腹ごしらえするか」

立川駅前から北へ伸びる高松大通りから、基地正面入り口で分岐して、第六ゲートに通ずる二百メートルほどの通りは、フィンカム通りという。フィンカムとは、アメリカ極東空軍資材司令部の略称だ。それは立川が基地の街であることを象徴している。木造二階建ての小さなバーやキャバレー、レストランが軒を連ね、原色のペンキ看板でアメリカ兵を誘っていた。

ゲートに近い小さなレストラン・フラミンゴの扉をあけた。カウンターの中の、脂と香料の匂いが鼻を刺敬する。座ると足が宙に浮いた。アメリカ兵の身長に合わせてあるのだ。

「ウォンチユー、ハブ、サム、シガレッツ、ン、チョコレート」

隣にいた黒人兵が問いかけてきた。

煙草はラッキーストライク、チョコレートはハーシーだ。

「安ければね。それでいくらなの」

「千円でいいよ」

「じゃあ買うよ。でもあんた、それで儲かるのかい」

「OK。基地の中の店じゃ税金がかからないから安いのさ。五百円は儲かったよ。給料日前だから、小遣い稼ぎには、ナイス・ジョブだよ」

人なつっこくウインクしてみせる兵士に屈託はない。

二人は差し出された大ぶりのポークカツを、懸命に頬ばった。

＊

「次は地元へ行こう」

町役場の隣の天城仁朗の座敷からガラガラと洗牌《しーぱい》の音がしていた。

「七筒子族《ちーぴんぞく》の会議みたいだ」

基地拡張反対同盟の頭脳だという企画部の連中だ。麻雀に熱中するふりをして、反対運動の方針を検討する。

守衛と昭六は、生け垣のかげに身を寄せて中の気配をうかがう。

「流行歌だって演歌だってよ、俺たちには七五調さ。大地に杭は打たれても、心に杭は……」

「それはいい。誰にもわかるぜ」

天城の声が、はずんでいる。

守衛が声をかけて玄関口に立った。

「みんな、ご機嫌じゃないですか」

「今、一荘《いーちゃん》終わったところさ」

天城がとぼけた顔を浮かべている。

「何よ。心にクイは……てのは」

「義理と人情の人生に、悔いが多いってことかな」

「なんだか言い逃れにしちゃ、うまかねえな。ま、お取り込みのようだから、またいずれ」

守衛が昭六に目配せした。

役場の隣の郵便局の裏手から中をのぞき込む。局長の娘の正子が、電話交換手をしていた。

「東京への電話は混んでる?」

「そうね、特急の申し込みが八本入ってるわ。まともに待ってるとつながらないわよ」

昭六がチョコレートを差し出した。

「プレゼントだ。なんとかしてよ」

「ありがと。そいじゃフレンドよね。いいわ。良いこと教えたげる」

正子がニヤッとした。

「市外回線は三回線しかないの。特急と急報用に二回線使ってるのよ。今、普通通話の申し込みはゼロ。普通で申し込んだら、すぐにつなぐわ」

「もちろん普通だ」

「縁側に電話機出すからさ、他の人に聞こえないようにしゃべってよ」

昭六は受話器を握った。

「明日はきっと荒れます。各社それぞれ、フィルム原稿の輸送には、ヘリコプターを用意しています……」

デスクの平井は、ムッと応えた。

「出先のお前がヘリのことまで偉そうに言うな。それよりちゃんと絵を作れよ」

カメラマンの水沢俊之も姿を見せた。

「それぞれの立場が違っているが、みんな本番にそなえている」

「それだ。俺はね、歩き回り、聞き込み、目で見てさ、俺なりの台本というか、枠組みができていくのに、わくわくしてたんだ」

昭六の話を守衛が受けた。

「砂川に関わっている人たちみんなが、これから始まることを予期している。こうなるだろうという読みと、こうしたいという期待を入り混じらせてな。俺にも筋書きが見えてるよ」

「気恥ずかしいけどさ、この身震いするような本番への期待感ってのは、魅力的だよな」

「二人の興奮も、明白の段取りもわかったよ。カメラの勘所は外さない」

水沢が煙草に火をつけた。

＊

九月十三日。晴。

東京都北多摩郡砂川町……。

東の空が金色に燃えたつ強制測量第一日目の夜明けだ。立川基地の滑走路の誘導灯が、眠たげに点滅していた。

基地拡張反対同盟第一行動隊長の青木市五郎は桑畑の中に立っていた。

「五十四歳になって、はじめて、俺は遺書を書いた。決死の鉢巻をした町の衆の顔を見てくれや。とことんやるまでよ。おれのハラは決まってる」

市五郎の浅黒い顔の彫りが深い。それを水沢のカメラが捉えた。

砂川町の反対同盟は、五日市街道から基地の第二ゲートに通ずる町道にバリケードを設け、接収予定地の畑の周囲に有刺鉄線を張りめぐらした。また立川基地の滑走路の南端に高さ五メートルの見張り台を作り、そこから青年たちが監視している。

午前五時、町役場の火の見やぐらの半鐘が、打ち鳴らされた。

「カーン、カーン、カン」

間合いをつめた乾いた響きが、緊迫した空気をかき立てる。

鉢巻を締めた地元民が、阿豆佐味《あずさみ》天神境内に集まってきた。これに昨夜から泊まりこみの労組員が加わって総勢五百人ばかりの人数となった。

青木行動隊長が、ガラガラ声で、

「今日は無抵抗の抵抗で、測量を阻止するんであります。警察官に乱暴されても我慢してがんばりましょう」

と呼びかけた。すぐさまみんなは、

「わっしょい、わっしょい」

と駆けながら、五日市街道の四番と五番の集落二箇所に分散し、測量隊の到着に備えた。

午前六時すぎ、警視庁第三予備隊の警察官約二百人が、トラックで砂川五番に到着した。青ヘルメットに紺色の作業服だ。

五番地区で半鐘が乱打される。

「警察が来たぞ」

五日市街道は、警官隊のトラック、労働組合の宣伝カー、数多くの報道関係の取材用の車が入りこみ、車と車の間は人で埋められている。

予備隊の指揮官がマイクを握って警告しはじめた。

「道路交通取締法違反ですから、すみやかに座り込みをやめなさい」

予備隊の前に、数人の日本山妙法寺の僧侶たちが立ちはだかった。団扇《うちわ》太鼓を連打して、

「南無妙法蓮華経」

「南無妙法蓮華経」

労組員が叫ぶ。

「警官帰れ」

午前七時すぎ、白い手袋をした指揮官の右手が振り下ろされた。ついに実力行使だ。警察官は二人一組となって、座り込んでいる人たちを両脇から抱えて引き摺り出していく。

「税金どろぼうっ、帰れ」

「南無妙法蓮華経……」

「警察は暴力を止めろ」

「女に乱暴は止《よ》してよ」

「いやだ。どこをさわるんだよ」

悲鳴ともつかない叫び声があがる中を、予備隊は着実に排除作業をすすめていく。

午前八時、調達庁の測量隊十人が、砂川五番に到着した。

作業員の一人が木槌で長さ七十センチの杭を五日市街道わきに打ちこむ。

コツーン、コツーンと最初の杭があっけなく地面に固定された。これが基準点となる。

「測量をはじめたぞ」

「杭が打たれちまったぞ」

悲痛な叫びが飛びかう。

水沢が地面に伏せて、カメラを杭の間近に構えた。

カメラのファインダーに、映像の熱気が凝集していく。

大地に打ち込まれる杭。

これを見下ろす測量作業員。

鉢巻きをした涙の主婦。

緊張した警察官。

守衛と昭六は、水沢の両脇に立って、撮影の進行を見守る。

「砂川の合戦の序幕になる絵は、これでできたよ。地面に密着した杭のクローズアップは、とても象徴的だ」

水沢が立ち上がってつぶやいた。

測量隊は測量機《トランシット》を据えて基準点から測量をはじめた。今回の測量の目的は、五万二千坪に及ぶ接収予定地の面積を確定するための骨格測量だ。

基準点から基地に寄った南側の畑に二番目の杭が打たれた。

そこへ応援の労組員がつぎつぎに到着、スクラムを組み警官隊に体当たりしていく。

「わっしょい、わっしょい」

突如として、音というよりは突き刺さるような衝撃波が鼓膜を揺さぶる。巨大な四発の輸送機グローブマスターが離陸していくのだ。

もみ合いの中で、鼻血に染まった顔。みぞおちを押さえうずくまる婦人。

赤十字の腕章をつけた看護婦が手当てをして畑の中に寝かす。

国鉄、全逓、全電通など労働組合の旗が舞い、「インターナショナル」を高唱する。

起て飢えたる者よ
今ぞ日は近し
醒めよわが同胞
あかつきは来ぬ

紺色の作業服の予備隊と白色のシャツを着た地元の二つの集団は、激しく押しあっている。

鉢巻をしめたエプロン姿の老女が一人、畑の中の墓に走っていく。

「ひどいよ、うちの畑を踏み荒して。ご先祖さまに申し訳がないよう」

泣きながら、墓石に合掌した。

水沢が老女を捉えた。軽い回転音をたててカメラが回る。

「やった。祈りは絵にしたよ」

水沢がニコリとした。すぐさま脚立《きゃたつ》の上から、老女と乱闘を同じ構図の中に入れて撮影する。

アメリカ軍の輸送機も画面を横切っていく。それは砂川の闘争の主題と状況を端的に物語る。

午前十一時、昼のニュースの締切り時刻だ。昭六が撮影済みのフィルムを持って砂川中学へ自転車で走る。

校庭には、ヘリコプターが、すでに地上から三十センチあまり機体を浮かせて待ち受けていた。フィルムを渡すと、急速上昇して東京をめざした。

フィルムの空輸は、はじめてのことだ。そのことが砂川の闘争のもつ重みを物語っていた。

『TBS新調査情報』一九七十年九・十月号所収

オイチョカブで閣僚参賀

昭和三十一年、初めての閣僚参賀誕生の裏は

昭和三十年十二月五日。

いつもざわついてるテレビ編成局の室内が、ふっと静かになる間合いがあった。その時階下からプーッ、プーッと間延びした警笛音が聞こえた。有楽町のラジオ部門と日比谷の本社、そしてこの赤坂のテレビ部門を結ぶ夕刻の巡回バスが戻ってきたのだ。

せかせかと急ぎ足の依田報道部長が室内の片隅に姿を現した。黒いバッグを小脇に抱えている。いつものいでたちだ。かなりくたびれた黒いソフト帽に同色のオーバーコートを脱いで机に置いた。腰を下ろしてバッグを開き、小封筒の束を机に広げた。

きょうは、ボーナスの支給日だ。支給額は、本給の一五五パーセント、プラス三越百貨店のワイシャツ一着。

依田はその中の一つを選びだし、隣の席に座っている古田俊副部長に差し出した。

「これは古田さんのです。よろしく。政治関係の新年企画もよろしくお願いします」

「いや、これはどうも」

古田は神妙な顔つきで封筒を両手で押し頂いた。古田は、肥満体だ。かなりくたびれたダブルの背広の腹部がこんもりしている。襟につけた国会記者章が、ラジオ武蔵へ入社する前は、日の出新聞の首相官邸を担当する内閣記者会のキャップだった名残だ。

続いて松田テレビニュース課長、後は順次課内十二人の序列に従って受け取っていく。

古田は机の上で、手つかずの封筒をいじっていた。よく見ると、封筒が横に立つかどうかを試しているのだ。何度試みても、封筒は倒れなかった。古田は目を細めて凝視した後、封筒から紙幣を取り出し、内ポケットに押し込んだ。

古田は立ち上がり、ゆっくりと歩いて武部正仁と峠昭六に近づき声をかけた。

「君らは用があるのか」

「特にありません」

「それじゃ、ちょっと俺につきあってくれ」

古田は返事も待たず、階下へ降りて、車両デスクへ行く。

「官邸へ頼む」

*

三人を乗せたシボレーは、首相官邸に向かった。

古田は首相官邸内の内閣記者会に顔を出した。ここは、内閣と国民を結ぶ重要なメディアの窓口だ。火曜日、金曜日の定例閣議をはじめ、毎日、午前、午後の二回、官房長官の行う記者会見、また、首相官邸を訪れる重要人物を取材する。そしてここには、新聞協会加盟社の新聞、通信、民間放送連盟傘下の放送会社の数十人の記者がたむろしている。室内は、あちこちから立ち上るタバコの煙でもやっている。三方の壁際に各加盟社のデスクが設けてあり、記事を書いている記者、電話している記者、雑然としている。室の中央の応接セットでは、雑談にふけっていたり、麻雀、囲碁、将棋の遊戯台で、暇つぶしをする記者もいた。

「よう、先輩、お珍しい。お供をつれて何か用事」

日の出新聞の細川が、古田に手をあげた。古田は、多くの国会議員がそうであるように、上着の両ポケットに手を入れたまま、頭を下げた。

「細川君、すまんが俺の顔を立ててもらいに来た」

「思い詰めたような顔をして、どうしたんですか」

「俺んところのテレビの新年番組の企画なんだ。閣僚参賀の後、各大臣に国民向けの挨拶をさせてもらいたい。それでまず、記者クラブの了解を得たいんだ」

「おやおや、そんなの無理ですよ。まったく前例がない」

「だからやりたいんだ。これをやってのけないと、俺は会社にいたたまれないんだ」

「先輩、なんだか話が穏やかじゃないですね。どういうことになってるの」

「実は、恥ずかしいことだが……俺んところの部長は、日日新聞なんだ。……」

古田が声を潜めたので、武部にも昭六にも断片的にしか聞こえない。だが、ぼつぼつ話す古田の話をかいつまむと、こんなところかと見当がついた。

部長の依田隆義は日日新聞、古田は日の出新聞の、それぞれ出身だ。この二つの新聞社は、競い合って覇権を争ってきた。この対立感情が、今も二人の間に残っていて、お互いにはっきりと口には出さないものの、肌身に感じている。

古田は、これが実現しないと、自分のメンツばかりではなく、日の出新聞の伝統にもかかわると思いつめている。そこまで切羽詰まって、日の出新聞の細川に、何とかしてほしいと頼み込んでいるのだ。

細川がケラケラと笑い声をあげた。

「先輩の話は、論理的であったことはない。先輩は、元日の出新聞の人間だけど、今は違う」

「細川君、俺は追い詰められてんだ。ひたすら頭を下げるだけだ」

「閣僚参賀の後を番組にするってのは、悪くないな。でも前例がない」

「細川君、俺とオイチョで勝負してくれ。俺が勝てば、助けてくれ。負ければそれまでだ」

「先輩、真剣なようだな。分かった。受けて立とう」

細川は、日日新聞の吉村、贖読新聞の橋本に声をかけた。

「お二方に頼みがある。この古田さんは、わが社の先輩、元官邸キャップ。閣僚参賀を番組にしたいと言ってきたんです。それはダメだと言ったら、オイチョで勝負してくれと言う。お二方の二社は、ラジオ武蔵創立の親元にあたる。そこを見込んで、頼みます」

日日新聞の吉村が苦笑しながら、

「知性の日の出新聞が、めずらしく義理と人情の持ち出しか。細川君の顔を立てよう」

「古田さん、相変わらずの浪花節だな」

贖読新聞の橋本もうなずいた。

四人は、記者室中央の応接セットでテーブルを囲んだ。何事だろうと、各社の記者が遠巻きに成り行きを見ている。

そこへ内閣広報担当の馬場事務官が現れ、

「私もちょっと拝見しますよ」

*

オイチョカブは、花札かトランプを使う賭博だ。札を配る親役と配られた札に賭ける子役の双方が獲得した数の大小で勝負する。親役は、札を手にし、右から左へ一枚ずつ、数を表にして四枚並べる。これを場札という。次の一枚は親の札として数を伏せて手元に置く。子役は、場札のどれかに賭け金を置く。置き終わったら、親は右から左へ数を伏せて場札に重ねて一枚ずつ配る。これを決め札という。子役は、場札と決め札を合計する。

合計が一桁の数であれば、それがそのまま勝負する数となる。ただし、その合計が三以下だったら、「もう一丁」もしくは「来い」と言って三枚目を請求しなければいけない。四から六までの数字なら、三枚目を請求するかどうかは、子役の判断に委ねられる。七以上の数なら、三枚目を請求してはいけない。合計が二桁になった際は、下一桁の数で勝負する。数は九が最高、最低が〇《ゼロ》。数には、昔から伝わる独特の呼び名がある。九《カブ》、八《オイチョ》、七《ナキ》、六《ロッポウ》、五《ゴケ》、四《ヨツヤ》、三《サンタ》、二《ニゾウ》、一《ピン》、〇《ブタ》。

「まあ、俺が切り出したんだから、最初は親をやらしてもらうよ」

古田は、上着のポケットから銀色のシガレット・ケースを取り出して机に置いた。そこからタバコを取り出して口にくわえ、ゆっくりと火をつけてから、手元に置いた。

細川と橋本は、ポケットからそれぞれ二つ折りにした千円札の束を机の手元に置く。吉村は財布を取り出した。

古田は、トランプをシャッフルしてから手のひらにおさめ、そして右から左へ数字面を表にして一枚ずつ四枚並べた。

三《サンタ》、七《ナキ》、一《ピン》、四《ヨツヤ》。これが場札《ばふだ》だった。

吉村が千円札を半分に折って三に張った。半分折りは五百円の意味だ。橋本が千円札を一に、細川が四に千円札を張った。古田は数を伏せた一枚を手元に置いた。親札だ。

「そろったところでいくよ」

古田は、右端の三に、数を伏せて一枚置いた。

吉村は札を見てすぐに、

「もう一丁」

三枚目を請求した。古田が数字面を表にして三枚目を配る。八《オイチョ》の札だ。

「それじゃあ、二目下がって一《チンケ》になってるよ」

古田は、合計の数が三以下と読み、三《サンタ》足す八《オイチョ》で合計は一《チンケ》だとからったのだ。

自分の決め札をめくった橋本は、

「古田さん、悪いね。ピッタリ九《カブ》だよ」

細川が決め札をめくり、

「もう一枚」

古田は、四の札を配った。

「いやあ、化けたぞ八《オイチョ》だ」

細川が歓声を上げる。

古田が自分に札を引く。合計は七《ナキ》。吉村の二《ニゾウ》、細川の六《ロッポウ》に勝ち、細川の八《オイチョ》に負けた。

次々と親が代わり、勝負が続く。

親になると古田は、札を配るとき、シガレットケースの上を必ず通過させた。古田の左手にいた昭六は、その時、ちらっと札の数字が読めた。その時、古田の視線がそこを走る。

昭六は、そんなことをしてもいいのかと、動悸が高鳴った。

札の数を読んでいるにもかかわらず、古田は、小さく勝って大きく負けていった。

やがてため息をつくと、両手をつき、

「まいった。これで俺は文無しのオケラになった。話の筋は、あきらめます。お手数をかけてありがとう」

細川が、声を低め、

「先輩、俺の眼は節穴じゃない。最初から勝つ気はなかったんだ。そのシガレットケースは何だ。その上に札を走らせて数字を読み、自分が負けるように仕組んでいたじゃないですか」

古田は頭を下げた。

「いやあ面目ない。俺は引き上げるよ。俺にツキはなかったんだ」

細川が、待てと手振りで示した。

「この先輩は、昔から博打下手。だからカモさんという。下手ないかさまで自爆して、素っ裸にひっくりがえり、俺を男にしてくれと頼んでんだ」

「面白い人だね。古田さんてのは」

「まあ、まあ俺たちは、ラジオ武蔵創立の際の親元三社だからな。理屈抜きで手を打つか」

「お二方、俺の顔も立ててくれてありがとう」

古田は涙ぐんで、深々と頭を下げた。

細川は、二人に礼を言った後、室内にふれた。

「各社の諸君、常任幹事の新聞三社は、ラジオ武蔵の申し入れを了解することにした。よろしく、頼みます」

方々から手があがり、

「異議なし」

「それはちょっと問題が……」

ＮＨＫからの異議だ。

「異議は聞こえなかった、もう決定済み」

細川の一喝に、反論は出なかった。

馬場事務官が古田に言った。

「内閣記者会が了解したのなら、内閣官房の方は、私から根回ししましょう。内閣と国民を結ぶのは、悪いことじゃないですから」

武部が、

「古田さん、後の段取りは僕に任せてください」

「そうか。ありがとう。それにしてもだ、ボーナスが消えたのを、家内にどう言うかだな」

*

一月一日。午前二時過ぎ。

武部をディレクターとする十数人の中継チームは、銀座での放送を終えて帰社した二号中継車を引き継いだ。機材の点検を終えると、

「忘れていた。宮内庁には、全員、礼服を着用してくるようにと言われていたんだ。みんな、これから衣装係のところで、礼服に着替えてきてくれ」

局舎の奥にある衣装係に顔を出すのは、みんな初めてだ。畳敷きの室内には、ぎっしりと衣装がぶら下がり、山積みになっていた。

「衣装さん、お願いします」

二度三度、声をかけても、返事がない。

「誰もいねえや。適当に探せよ」

数人が室内に上がって衣装の山に手をかけると、盛り上がっていた衣装から、顔が出てきた。

「何よあんたたち。愚連隊の殴り込みみたいにやってきてさ。番組は全部終わってるんだよ」

寝ぼけ眼だが、威勢の良い女の声。

「礼服なんて、みんな出払ってほとんどないよ。その山のあたりにあるから、なんでも着ていきな。私は眠いんだ」

女は、そう言いざまに、ふたたび衣装の山の中に潜り込んだ。

「格好のつきそうな物を何でも着ちまえ。礼服なら何でも良いぞ。そろったら出発だ」

＊

午前十時。Ａスタジオ。

金屏風の前にモーニング姿の安達社長が立った。大手の製紙会社の社長を務めていただけの貫禄は充分。すっきりとした背丈、櫛目の行き届いた銀髪、澄んだ瞳が緊張している。

深々と一礼して、

おめでとうございます。昭和三十一年の新春をみなさまと共に、言祝ぎたいと思います。ラジオ武蔵は、去年四月一日、テレビジョンの本放送を開始し、多くの視聴者、広告をご提供頂く各企業、広告代理店のご協力とご支援をえて、きょう最初の新年を迎えました。まことにありがたいことであります。私どもラジオ武蔵は、最良の番組を提供する、最良の放送局であろうと、努力してまいりました。まだまだ未熟ではありますが、多くのみなさまのご指導、ご鞭撻を頂いて、なお一層努力してまいります午前十時三分。舞踊・「四季の山姥《やまんば》」の開幕だ。

藤間紫の艶姿が浮かび上がる。足柄山の山姥・八重桐を舞う。

遠近《おちこち》の　たつきも知らぬ山住まひ

我も昔は流れの身　狭き庵《いおり》に見渡せば

春は殊更《ことさら》八重霞《やえがすみ》その八重桐《やえぎり》の勤めの身

八重桐は、京の都で遊女であった日々を偲び、廓や四季のあでやかな移ろいを懐かしむ。

＊

午前十時二十分。宮内庁。本番だ。番組タイトルが出た。

「年頭の辞・皇居閣僚参賀を終えて」

中継車のなかで、武部が叫んだ。

「三カメ、オープニングはワイドショットからいこう」

皇居の見所の一つ、三重の富士見櫓の白壁が映える。

「二カメ、宮内庁の全景」

「一カメ、玄関横マイク位置へ」

この日の現場司会をつとめるのが、アナウンス部長の野村荘平。黒色のダブルのスーツに身を固め、厳粛な面持ちで、みなさま新年おめでとうございます。松の緑も一段と色濃いここ宮内庁からお送りいたします。
新年をお祝いし、鳩山一郎内閣総理大臣はじめ各大臣が、天皇皇后両陛下にご挨拶申しあげる閣僚参賀がまもなく終わります。それを終えられた各大臣に、今年の希望・抱負・課題をうかがう運びとなっております

玄関には、古田俊が官邸の馬場さんと共に待機、退出してきた大臣をカメラの前に誘導する。

鳩山総理がカメラの前に立った。

昨年は、自由党と民主党が合同して、自由民主党を結成、日本の政治に安定をもたらしました。
今年はソ連と国交を回復することのほか、国連に加盟することに努めたいと思います

高碕達之助経済企画庁長官は、

日本の経済復興が順調に推移しているのは喜ばしいことです。中小企業の発展にも目配りして、
産業界全体の底上げに力をかしたい

船田中防衛庁長官は、

自衛隊は、昭和二十九年に発足以来、着実に防衛基盤の整備拡充に努めてまいりました。しかし、日本の安全の確保には、まだまだ多くの課題を抱えております。したがいまして今年も、アメリカとの協力をさらに強化してまいる所存であります

官邸の馬場さんが、いてくれるおかげで、大臣の誘導は円滑に進んだ。

大臣が挨拶しているのを横目にして、馬場さんが、古田に小声で、

「古田さん、あなたは、どうしてこんな企画をはじめたんですか。大臣が新年の挨拶をするだけと言ってしまえば、それだけのことですよね。でも、これは新鮮だ。大臣さんも、真摯に話をしておられる。誰もこれまで、手がけたことはない」

「あのですな、馬場さん、あたしゃそれほど、知恵のまわる方じゃない。いや、そうなんですよ。政治関係でのテレビの新年企画を創ってくれと言われたとき、正月の政界は、派閥の新年宴会が関の山だと思いました。しかし、何かまだあるぞと考えたら、吉例の閣僚参賀があったんです。陛下にご挨拶申しあげた後に、国民にも挨拶するのは悪くないと気づいたんです」

「私も官邸では、長年お世話になっていますが、閣僚参賀が番組になるとは、驚きました」

古田には、うれしい褒め言葉だ。さらに馬場さんは、度の強い眼鏡の奥の目を細め、

「カモさん、やったじゃないですかって言いたいんですよ」

野村荘平が語る。

天皇皇后両陛下、皇太子殿下はじめご一家もお元気に新年をお迎えになったと伺っております。閣僚参賀を終えられた第三次鳩山内閣のみなさまの声をお伝えしてまいりました。今年が、昨年にまして豊かな平和な年となりますよう祈念して、ここ宮内庁からお別れいたします

午前十時五十分、番組は終わった。

古田の胸の高鳴りは、とまらない。大きく息を吐いて、ようやく気を静める。

＊

古田は、ご機嫌で宮内庁総務課に挨拶に向かった。

「宮原課長、おかげさまで無事に終わりました。ご協力ありがとうございます」

「あなたは、無事に終わったかもしれませんが、こちらは無事ではないのです」

宮原課長は、不快感をあらわに、古田をにらみつけていた。

「あの、宮内庁にご迷惑をかけるような、事故はありませんでしたが……」

「古田さん、事故がなかったから、迷惑がかからないということはないんですよ」

「ほお、ずばりおっしゃってください。何がご迷惑だったんでしょうか」

宮原課長は、古田をにらみつけながら、一息入れた。

「皇居は、お上《かみ》のお住まいのある所、ここへ来られる方は、それ相応に節度ある服装をしていた

だきたい」

「それは、最初に聞きました。ですから、わが社のスタッフには、全員礼服着用と申しつけ、そのようにして来ているのですが……」

「やみくもに着ればよいってものじゃない。片付けをしているスタッフを見てください」

古田は窓越しに視線を飛ばした。

モーニングの男が、バイブ組のカメラ台によじ登っている。フロックコートの男がカメラを担いでいる。両手を振って指図する男。つんつるてんのモーニング、シルクハットの下から、長髪が揺れている。それはディレクターの武部正仁だ。カメラケーブルを束ねている男は、ディナージャケット。

「古田さん、あれはふざけた仮装行列じゃないですか」

古田の眼にも、これは奇妙な光景だと映った。しかし、それを認めては引き下がれない。ここは勝負所だと腹をくくった。

「いやあ、みんなそれぞれに礼服は着用しています。みんな個性的な社員ですから」

「何度も言いますが、ここはお上の……」

「宮原さん、申し訳ない。あの姿が、お上にご迷惑をかけたなら重大事件ですな」

「ちょっと待ってください。私はお上に迷惑がかかったとは言ってません」

「あーそうですか。ではどなたの迷惑ですか。まさかあなたがお上に代わり……」

「私は品位のことを申しあげただけ……」

古田は、笑顔で頭を下げた。

「問題は迷惑ではなく、品位のようですな。来年は一段と気をつけます。では失礼」

赤線の灯の消えた夜

昭和三十三年、売春防止法施行、新宿二丁目の最後の夜

昭和三十三年三月三十一日。

秩父の山々に太陽が沈むのと前後して、町に灯りがついた。

東京・新宿二丁目の赤線最後の夜。

この町の百メートル四方に、「ボタン」、「クラブ荘」、「美人座」、「大利根」など、約百軒の店が、軒を寄せ合い、二百人あまりの女が稼いでいる。多くの店は、木造モルタル二階建てだ。中には、鉄筋三階建てのものもある。店の外壁には、ステンドクラスの飾り窓、あるいはネオンサインで店の名を記してある。入り口は、タイル貼りの柱や、大谷石の飾り付けがある洋風のしつらえだ。和風の店は、旅館か料亭を思わせる。

店のドアを開けると八畳間ほどの土間、ホールと呼ばれているそこには、小さな机が一つ、その両側に色あせたチェアーが二つ置いてある。天井から桃色のシャンデリア、壁に取り付けの棚に洋酒の空瓶が、二つ、三つ。その隣に「特殊飲食店」の標札。

客はホールで飲食するのではない。ホールの端の上がり口で靴を脱ぎ、女の個室に入って「自由恋愛」という「特殊飲食」をする。その料金は、十五分から二十分の「ショート」が千円、一時間の「タイム」が千五百円、「泊まり」が二千五百円から三千円が通り相場だ。

セーターやカーディガンをまとった女たちがぽつぽつと店先に姿を現わした。

通りかかる男たちに、声をかける。

「ちょいとお兄さん」

「格好のいい色男、ちょっと寄ってってよ」

「ねえあんた、遊んでいかない」

「今夜が最終日だよ。明日はないのよ。サービスするからさ」

立ち止まった男と二言三言口をきくと、女は男の腰に手を回して、店の中へ消える。

三崎守衛は、渡邉カメラマンと、目立たぬように、通りを歩き回っていた。

「気づかれないように、もう、いくらか隠し撮りはできてます」

通りの行き止まりに、ひっそりと息を潜めているような祠・三社稲荷神社がある。柏手を打つ女がいた。

きびすを返して、四つ角をめざす。左手の店から、女が飛び出てきた。顔なじみの「マノン」の節子だ。すらっとした額の広い小太りの女だ。薄化粧に唇だけを紅く引いていた。節子は両手を差し出して、守衛の手を握った。

「キンさん、きっと来ると思ってたんだ。今晩は、私とつきあってよ」

「キンちゃん、この子とすっかり深間なんだな。君は遅番勤務だから、この仕事で終わりだ。原稿は、俺が社へ持って帰るから安心しな」

「うん、そうしよう。節ちゃん、俺は今、ここで仕事中なんだ。大引け前には、姿を見せる。他の客をとるなよ」

「よかった。キンさんに会いたかったんだよ。それじゃ、泊まり客はとらないでいるからね」

節子は笑顔を見せて、店の前へ戻った。

＊

守衛が「マノン」を初めて訪れたのは、昭和三十年の秋、峠昭六と共に二週間にわたる砂川闘争の取材が終わり、東京へ戻ってきた夜だった。

「昭六ちゃん、男が煮えてるような気分じゃないか」

「えっ、何それ、うん、分かった。俺も沸騰してる」

「そいじゃあ、ちょいと冷ましていかないか」

「名案だ。つまり、英語で言えば、クーリング・ダウンだ」

「よし、それじゃ、行こう」

二人は、そろって新宿二丁目に繰り出した。あれやこれやと、店の看板を眺めたあげく、

「『マノン』てのは、そそられる名前だよ」

と店の前に立ったのだ。

「あんたたち、ラジオ武蔵の人でしょ」

前に立った女に、いきなり浴びせかけられた。

「えっ、どうしてそんなことが分かるんだい」

女はにんまりした。

「私は節子。よろしく。魔法使いじゃないわよ。ネタをばらすとね。たった今の私のお客が、別れ際に、あんたたちはラジオ武蔵の人だって教えてくれたの」

「………」

「びっくりすることはないわよ」

「そのお客さんは、文明放送の人、あんたたちの顔を知ってるんだって」

「身元が割れたんじゃしようがないな。泊まるよ」

節子は守衛につき、昭六にはナオミがついた。

二階に上がる。節子の部屋に四人で座った。敷き詰めた夜具の上に、枕が二つ。

節子は話し好きの女だった。

「この店の主人は、文学青年くずれなのよ。それでオペラの『マノン』がいいからって、店の名前にしたっていうの。隣近所の『初夢』や『エンゼル』『ベル』なんていうのより、よほど品があって洒落ているって自慢するのよ。キザなんだね。でも、世間はそんな名前に惹かれて来る人もいるの。新宿は、文学青年や演劇青年がごろごろしてるせいよね。でも、この人たちに、金持ちはいないわ。そのくせ、私を買うと、助平でしつこいのが多いのよ。それだけじゃないの。聞いてよ。うちの女の子にはね、主人が小説に出てくる女の名前をつけるのよ。私の節子、それにナオミ、朱美よ。あんた分かる」

「いきなり言われても、すぐには……」

「バカねえ、あんただって文学青年の一人でしょ」

「あっ、そうなのか。だとすると、もしかして……」

節子は笑った。

「君は堀辰雄の『風立ちぬ』の節子、ナオミは谷崎潤一郎の『痴人の愛』、そして『宮本武蔵』の朱美なんだ」

「どうにか分かったわね。あんたも、文学青年の仲間なんだ。お客の一人がさ、小説の中じゃ、節子は結核で死ぬんだと教えてくれたわ。でもね、私は極めつきの健康優良児」

「こちらのお兄さんはなんて言うの」

問いかけてきたナオミは年増だ。肌電球に照らされ、横座りした頬のそばかすに色気がある。

「俺は昭六」

「ふうん、キンさんに昭六さんね。仲良しなんだ」

「キンさんは、文学青年、そして昭六さんは、左翼青年みたい」

節子の見立ては、まんざら見当外れとは言いがたい。

「節ちゃん、当たってるよ。しかし、元《もと》をつけてくれればね」

「節子さんの話は教養があるの。私の話は体でするの。私としっぽりお話ししましょ」

ナオミが昭六の手を取って、出て行った。

節子は、慣れた手つきで素早く肌をあらわにした。

「あんた、キンさんていうのね。それじゃあ、お遊びしましょ」

守衛を布団に誘い込んだ。

それ以来……なぜか昭六と二人では来なくなったが、守衛は常連となった。

＊

町の中は、ふだんより人が多い。人というのはもちろん男だ。目立たぬように、伏し目がちに歩く男。じっくりと女の品定めをする男。仲間と連れ立ち、肩を組む千鳥足の男たち。詰め襟の学生服の姿もちらほらする。

「もう少し、歩いてみようか」

店構えの大きい「第二ビーナス」の前へさしかかると、男たちと女たちが群れていた。ここでは、男と女は一対一で話し合う。それがここの商談だ。でも様子が違っていた。

群れの中の一人の男が、両手をあげて叫んだ。

「みんな、今宵の恋人はできたよね。それではだ。みんな、輪になって手をつなごう」

守衛はおやっと思って、傍らの渡邉を見た。その時すでにカメラは回っていた。

道の真ん中に、人の輪ができている。

男は労働組合の指導者でもあるのか、人を惹きつける語り口だ。

「二丁目は、きょうが最後の夜です。これまでお世話になった、なじみ深い二丁目に、われわれは、感謝したい。俺たちの思い出を大切にしたい。だからみんなで、別れの歌をうたうことにしよう。歌はもちろん『蛍の光』だ。いいですか。それじゃはじめよう。アイン・ツヴァイ・ドライ」

蛍の光 窓の雪
書読《ふみ》む月日 重ねつつ
いつしか年も すぎの戸を
開けてぞ今朝は 別れゆく

出だしは、少しばかり乱れたが、男が手を振り、調子をとると、意外と歌声はそろった。
男はさらに声を励まして呼びかけた。
「いいぞ、よくハモってる。それでは次ぎに、『仰げば尊し』にしよう。でも、これは二番を歌おう。歌詞は『互いに睦みし』からですよ。それじゃ……」

互《たがい》に睦《むつみ》し　日ごろの恩
別るる後にも　やよ　忘るな
身を立て　名をあげ　やよ励めよ
今こそ　別れめ　いざさらば

守衛は指揮する男の機知にまいったと思った。ここは「睦み」の町だ。ちょっとできすぎた成り行きになったと感じたが、映像としては捨てがたい。

守衛が足を止めると、渡邉はその後ろから目立たないように、カメラを構えて、男と女の路上のからみを捉える。

「高感度フィルムを入れてきているから、バッチリ撮れてるよ」

渡邉が笑顔を見せた。

「キンちゃん、ここの絵は、ラストシーンに使うのかい」

渡邉が、おかしそうに守衛に問いかける。

「デスクが不謹慎だと怒るかもしれないけど、使うことにしようか」

守衛は、なじみの喫茶店で、一気に原稿を書き上げた。


赤線の灯が消えました。

昭和三十一年に制定された売春防止法が、二年間の猶予期間を終えて、きょう四月一日から施行されることとなります。

きょうから、売春を誘うと、六ヵ月の懲役、または五万円の罰金が科されます。

売春の仲立ちをすると二年の懲役、または五万円の罰金が科されます。そして売春業者には、十年の懲役、または三十万円の罰金が科されます。

昨三十一日夜、赤線が最後の営業の夜を迎えました。

戦後、アメリカ占領軍は、伝統的な『遊郭』を禁止したものの、特定の地域を指定して、売春を認めました。その特定の地域を赤線と呼んだのです。これに加えて認可されないで非合法に売春を営む『青線』もありました。

赤線は、全国に七百八十九カ所あり、約六万人の女性が関わっているといわれます。売春を行う店は、赤線、青線を問わず区域を限られるため密集していました。

売春防止法は、売春が『人としての尊厳を害し、性道徳に反し、社会の善良の風俗をみだすものである』としてこれを禁止しました。

ここに至る道筋には、多くの障害がありました。それを乗り越えようと衆議院参議院、所属党派の枠組みを超えた婦人議員の働きかけもありました。

人間としての尊厳を大切にしようという世論の高まりがこの法律を生んだのです。

これにより、わが国における制度としての『売春』は、長年の歴史を閉じるのです。

東京にはこれまで十三の赤線がありました。その中の一つ新宿二丁目には、およそ百軒の特殊飲食店がありました。

この夜も『赤線』の消滅を惜しむ男たちが、群がっていました。

この町へ来るとき、人目を忍ぶ雰囲気がありました。

それはここが、後ろめたさを売り買いする町だからです。

ところがです。一人の男が呼びかけると、群れが一つの輪になりました。

町の女と手をつなぎ、輪になって「蛍の光」の合唱が始まりました。

それは、この町に親しんだ男たちの青春の挽歌でもあります。

女と手をつないで店へ入る男、手を振って帰る男、もうこの町には、灯がともらないのです。

赤線の灯が消える二丁目の色模様。

女性の人間としての名誉と尊厳が、守られるようになった時代の進歩です。


渡邉カメラマンが、それをのぞき込んで笑った。

「キンちゃん、これはなんだい」

「原稿に決まってるじゃないですか」

三崎は鼻白んだ。

「売春防止法が施行になりましたっていうのは、当然だよね。そうなんだから。この法律が、あるべき社会の大事な物差しになることもそのとおりだ。しかし、君の原稿の後半は何だ。感傷的な思い入れがある。懐かしいもの、あっていて欲しいものが消える事への君の哀感が強い」

人の良い渡邉だが、きちんと見るべきことは見ていると、三崎は苦笑した。

「ナベさん、お説の通りです。まいりました。私三崎守衛は、建前の売春防止法施行に賛成、だのに本音は曖昧模糊《あいまいもこ》。ニュース・ディレクターの原稿としては失格。でも、守衛個人の心情を素直に書いた。ずるいけど、あとは、デスクの判断に委ねます」

「キンちゃん、デスクからきっと叱られるだろうな。でもいいや。これを持って俺は帰る」

＊

午後十一時四十分頃、守衛は二丁目に戻る。節子が店の前で、一人の男と向かい合っていた。

「節ちゃん、遅くなって悪かった」

節子が、男に向かって頭を下げた。

「すみません。せっかく声をかけてもらったんだけど、私の彼氏と先約があるの」

男が立ち去ると、節子は守衛の胸に顔を寄せてきた。

「思い出深い夜になるわ」

「俺にとっても、そうさ」

二人は節子の部屋に入る。

「ともかく、ビールで乾杯しましょ」

節子がビールとつまみを持って戻ってきた。

「ここでビールを飲むのは初めてだぜ」

「キンさん、ここは特殊飲食店だからね。ビールぐらいは置いてあるわ」

「節ちゃん、この店で何年になるんだ」

「そうね、三年半かな」

「俺が初めて顔を出した頃は、まだ店に来て間もなかったんだ」

「そうなの。初々しい乙女でありました。そして二丁目での青春を打ち止めにするんだわ」

「俺も初々しい少年でありました。いろいろと手管の手ほどきをしてくれてありがとう」

「キンさんの嘘つき、君は新宿育ちの不良文学青年だったって言ったじゃない」

「そうだ。俺は地元の新宿高校にいたからな。卒業前後にこの二丁目で男になったんだ」

「あんた、根が優しいんだ」

「でも節ちゃんと、別れるとなると切ないぜ」

「あたしも、思いは同じ。さてお客さん、お遊びしましょ」

節子がおどけて三つ指をついてみせ、さっと後ろ向きに脱いだ。守衛もそれにならう。

守衛は、横たわる節子に唇を寄せる。節子は含羞を浮かべて眼を閉じた。

節子は守衛を受け入れ、切なげに喘ぐ。守衛は急激に高まり、たちまちに果てた。

「キンさん、好きよ。よかったわ」

節子の瞳に、守衛の表情が見える。守衛は満ち足りた。

守衛は節子を抱いたままに、自らが消えていくのを感じた。

それから……どれほどの時間が経過したのだろう。

瞼を開くと、節子の顔と触れあっていた。

節子が挑むような眼差しで、

「キンさん、もうとっくに四月一日になってるわ。だからあたしの女の営業はもうおしまい。さっきしたのは、節子の最後としてよ。節子が終わったらね、どういうわけだか、自分からしたくなったの。キンさん、分かる」

「………」

守衛は頷いた。同時に、背筋を戦慄が走った。節子が節子を止めるのは分かる。それでは何になるのか。

「この町で最初で最後のあたしの告白。節子は店での名。あたしは澄子っていうの。その澄子で、キンさんとしたいの」

「ああいいよ」

守衛の喉は渇いた。声になったかどうかも分からない。

澄子は、守衛に覆いかぶさり、唇を求めてきた。

求められている、抱かれる、その感触が守衛をかきたてた。

守衛は、大海原を旅する船を想う。

澄子の腹が旋律する。それは大波が船の舷に打ち寄せるようだ。その荒い息づかいは、嵐の鳴動だった。

澄子の官能が高まり、言葉にならない言葉がこぼれでる。

守衛の胸に、朔太郎の詩編が広がる。

女よ
ああそのかぐはしき吐息もて
あまりにちかくわが顔をみつむるなかれ

守衛も瞳をこらして、澄子をみつめる。そこには、かつて見たことのない、真摯で熾烈な瞳があった。

めくるめく律動の中に、二人はからみあう。

守衛は、錯乱する。高みに昇る。精一杯に耐えている。荒天に浮かぶ月を想う。

女よ
そのごむのごとき乳房をもて
あまりに強くわが胸を壓するなかれ
また魚のごときゆびさきもて
あまりに狡猾にわが背中をばくすぐるなかれ

やがて、二人はつんざくように同時に叫び、同時に瞑目した。やがて静かな吐息となる。夕凪の海に浸っているような充足が二人を包む。


ぼんやりと守衛は目覚めた。隣には、澄子がいた。狭い部屋の中には、昨夜からの熱気がどんよりとこもっている。

守衛は、二階の小さな窓を開けた。通りが見えた。近くの店の看板が見える。風が吹き込んだ。まだ早いけれど朝だ。店から出て行く男の姿もある。

町を見下ろす守衛の後ろに、澄子が立っていた。

「澄子ちゃん、おはよう」

「キンさん、おはよう」

「朝飯に行こう」

「うん」

二人で店を出た。朝の陽光がまぶしかった。月島行きの電車道にある、食堂に入った。

そこは一昔前の外食券食堂だ。だからカウンターの棚に、アジのひもの、鯖の味噌煮、冷や奴、野菜の煮付け、納豆、生卵、大根おろし、味付き海苔などが並んでいる。客はお盆に欲しい品物を乗せてカウンターに差し出すと、飯と味噌汁を加えて勘定する。

二人は鯖の味噌煮と肉じゃがを注文した。

薄揚げの入った卵入りの味噌汁は、温かった。

「ゆうべもよかったけど、ここの朝もいいな」

「キンさんのことは、忘れないわ。でも、良いお嫁さんもらってね」

「澄子ちゃん、これからどうするんだ」

「ともかく、店はきょう出てしまうの。当分、知り合いの下宿に居候するわ」

「それから」

「ごちそうさま。あたし、まっすぐに店を出る。振り向かないわ。切なくなるから」

澄子は、きっぱりと言い切ると、笑顔をみせて出て行った。

その後ろ姿が滲んで、守衛の中で消えた。

機械から熱気がでるかね

昭和三十三年、第二十八回衆議院議員総選挙に速報盤登場

昭和三十三年二月十九日。

東京・丸ノ内の日本商工会議所は、報道陣でぎっしりと埋まっていた。

戦後十三年、日本経済は立ち直り、対米輸出も順調に伸びていた。しかし、海のむこうのアメリカの景気は低迷しており、失業者は二百五十万人を越えた。このため、何かと神経質になっているアメリカは、日本の金属洋食器、洋傘の骨の輸入制限に踏み切った。

日本商工会議所、経済団体連合会、日本貿易会の経済三団体が一致してこのアメリカの措置を不当であると抗議するという。

三団体の首脳が並んで、抗議声明を読み上げる。その顔は緊張していた。日本の経済界がはじめてアメリカに物言いをつけたからである。

同時録音カメラで撮影していたカメラマンが、撮影はＯＫだと親指と人差指で丸をつくって合図してきた。

＊

取材を終え、峠昭六はすこし散歩していこうと一人になって街へ出た。丸裸になったいちょう並木が寒風にふるえていた。呉服橋の角の證券会社のビルが目につき、誘いこまれるように店の中へ入った。おおぜいの客に混じってソファーに腰を下ろす。

正面の壁面いっぱいに、東京証券取引所に上場されている全銘柄が掲示されていて、それぞれの株価が表示されていた。取引があると瞬時に株価が変動する。株価を表示している部分がパラパラと回転して、数字を変えているのだ。

昭六はそれを眺めているうちに、アッ、これは選挙速報に使えるぞと感じた。思わず立ち上り、腕を組んで、この巨大な盤面を見つめる。

ラジオ武蔵テレビジョンの最初の選挙報道は、開局二年目の昭和三十一年七月の第四回参議院議員選挙だった。

速報がお手本としたのは、各新聞の本社前に設けられる開票速報盤である。

テレビ局舎のＡＢ二つのリハーサル室を臨時のスタジオに仕立て、玄関先に中継車を駐め、三台のカメラを持ち込んだ。

狭い室内の壁に沿って、ベニヤ板に北海道から鹿児島までの選挙区と候補者名を入れる枠組を作った。これが速報盤である。ここには各候補者の氏名、所属党派、新・前・元の区分を一枚の白い札に書いた。そしてそれぞれの得票数は紙に手書きして、そのあとに張りつける。

また公衆電話ボックスに似た構造物をアナウンスブースとした。

手狭なためにカメラのケーブルがからみあったり、カメラが接触したりして、こわれるのではないかといヒヤヒヤした。もちろん速報盤に得票数を張りつけている要員の手や姿が、しょっちゅう映ってしまう。なんとか終わりはしたものの、その表現方法はあまりに稚拙だった。

「テレビらしい、これがテレビだというような速報盤があればいいんだけどな……」

選挙に関係したスタッフの胸に、そのことが宿題となっていたのだ。

＊

「お客さま、売りですか、買いですか」

と店の営業部員がそばに立っていた。

「あの……数字は、どうなっているんですか」

と表示盤を指さしながら昭六が問いかけると、

「あれはですねえ、兜町からの電話連絡で、株価の動きを表示しているんですよ。ところでお客さまは、どの銘柄《タマ》を狙っているんですか」

と畳みこんできた。

昭六は自分が株の取引に来たのではなく、たまたま株価の表示方法に関心を持ったのであると懸命に説明して、この装置はどこの会社が取り付けたのかと聞いた。

営業部員は昭六が客でないことがはっきりしたためか、すっかり無愛想になったが、

「これはですね、このビルの上階にある大和通信がやったんですよ。もし興味があるのなら、そこへ行けばわかりますよ」

と言いおいて、他の客のところへ笑顔をふりまきながら近づいていった。昭六はすぐに、大和通信の事務所を訪れた。中年の男が姿を見せる。

「わたしは営業の上野といいますが、何のご用ですか」

上野は応接室のショウケースの中から一個の部品を取り出した。

「これが下で見ていただいた表示機のエレメントなんです。正式の名称は反転式表示機といいます。ドイツのシーメンス社の特許製品でして、日本では浅間通信機が製造しています」

これにはさまざまな大きさがあり、昭六が手にしたのは最小の規格で、株価表示に使われているのと同じだという。表示面は、縦横三×五センチ、奥行は約二十センチである。

その表示面は縦長の長方形の二片の薄い金属板で形成されており、その二片に数字一文字を記して表示する。十二枚の金属片の裏表に〇から九までの数字を記入してあるから、二面は空白を表示することになる。

眺めているうちに、これはと期待がふくらんできた。

「ところで、お客さまは、これを何かにお使いなるご予定でもあるんですか」

「じつは選挙に使えないかと、思ったので……」

「放送局で選挙をするんですか」

「いや選挙の速報に使えないかと……ふと思いついたのです……」

上野は、とんでもない客が舞いこんだものだという迷惑顔をあらわにしていた。

「差支えなかったら、これを一つ貸してくれませんか。ちょっと研究してみたいんですが」

上野は突然来訪した昭六への対応に当惑していたが、名刺にメモして借用書代りにすることで、昭六は強引に現物を持ち帰ることにした。

＊

社に戻ってエレメントを披露すると、またお前の物好きな遊びがはじまったのかと、デスクの周りにみんなが集まってきた。

しかし、これが、まともな話だと受け止めている顔はなかった。

「なんだこれは、これで選挙の速報をやろうっていうのかい。こんなチャチなカラクリで何ができるんだよ」

室内にいた連中が、わいわいと冗談をとばしはじめた。

「昭六、ヨタってないで夕方の原稿を早く書けよな」

デスクが目配せしたので、昭六もフィルム編集室に入りこんだ。

社には放送技術者がゴマンといるから、誰かが相談相手になってくれると期待し、技術部に出向いておそるおそるエレメントをさしだして事情を説明しはじめても、

「そんなオモチャにつきあっている暇はないね」

「私は、まっとうなエレクトロニクスのエンジニアだからね、そんないかがわしい話は好きじゃないんだなあ」

「テキヤの兄ちゃんに頼むといいかもね」

嘲笑されるばかりで、まるでとりつくしまもない。どうやら、駆け出しのディレクターの単なる

思いつきの電気仕掛の手伝いをするのは、技術者としての面子にかかわるらしい。

＊

デスクの盛岡精一に相談すると、

「これはおもしろそうだからやってみな。何をどうしたいとさえ、はっきり決めれば、あとはどうにかなるさ」

と励ましてくれた。

かくなるうえは、自分でやるしかないと、昭六は覚悟した。

テレビの画面の縦横比は三対四の横長である。だから候補者の氏名、得票数は横書きで表示するのがよい。一人の候補者についての必要な事項は氏名、党派、新・前・元、得票数、それに当選もしくは当選確実の判定マークである。

速報盤の配置を考える基礎単位は、使用するエレメントの寸法で決まる。テレビの一画面に表示できる候補者の数は六人が適当であろうと見当をつけた。

昭六は画用紙にざっとした仕様と寸法を描いて、大和通信を訪れた。物好きな人がまたやって来たとうんざりした顔つきで上野が出てきた。

昭六がまだ正式に会社の承認を取りつけたわけではないが、こんな形態の機器が作れるかどうか、そしてその価格がいくらになるだろうかと尋ねた。

上野はニヤニヤしながらその紙を受け取った。気のない顔つきで紙に視線を投げかけたが、つと座りなおし、ていねいに机の上に紙を伸ばした。奇妙に真剣な顔になっている。

「はあ、お話とは、こうしたことだったんですか。ちょっと技術者を呼んでまいりますから、お待ちください」

と言葉づかいも改まっていた。すぐに、揃いのジャンパーを着用した数人の技術者たちが姿を見せ、デスクを取り囲んだ。

昭六が選挙とその仕組み、選挙速報とはなにをするかを話すと

「いやあ、不勉強でこんなところに商売のタネがあるとは知りませんでした。なかなかおもしろいテーマですから研究してみましょう」

と検討を約束してくれた。

＊

そうなると、これから先は、社内での了解をとりつけてメーカーに発注することである。最初に説明して了解をえなければならないのは部長の依田隆義だ。

依田は中日戦争の末期に日日新聞記者として中国大陸にいた。現地で、先輩記者に酒亭でしごかれていたせいか、酒仙を理想としている風がある。ひとたび盃を手にして酩酊すれば、呪文のようなドイツ語まじりの文句が飛びだした。

「イッヒ　メンシュ、フライ　メンシュ。つまりわしは人間である。自由人であるぞ」

そうなると手のつけられなくなるので、たいていの人は辟易して逃散する。

本人はひた隠しにしているが、大学では同人誌に小説を書いていたという一面もあった。その風貌はどことなくタヌキに似ているが、眼鏡の奥には気弱な瞳が潜んでいる。

昭六は依田のデスクに行き、

「あのですね、選挙速報のやり方を変えたいのです……。新しい機器を開発することで、テレビにふさわしい速報が出せるようになります」

「ちょっと待て」

依田部長は一点に眼を据えて、昭六に打ち込んでくるように、右手の人差指を宙に舞わせはじめた。

「選挙に数字はつきものだが、数字よりも大切なのは選挙の熱気じゃ。それをどのように出すかっちゅうことが本質的なことなんだよ。分かるかね。まあええ、そいで君の言う機械とやらは、ワシの言う熱気も出せるのかね」

依田はぐっと眼をむいた。

「部長、選挙速報は熱気よりも、まず適確に見やすい数字を打ち出すことです。そのことが、それを見ている人に熱気を呼ぶんです。ちょっと、これを見てください……」

昭六が手にしたエレメントをさし出して、これを使って一つのシステムを組み上げるのだと説明しかかると、依田は眉をひそめて昭六の話をさえぎった。

「昭六、そのエレメントとやらは、一個いくらするんかね」

「ざっと六千円です」

「君のいうキカイには、それを何個使うのかね」

「速報盤一面に六人表示して一人あたりのエレメント数は八個ですから、一面で四十八個、二面で合計九十六個になります」

「君、それじゃそのエレメントだけを、バラで買えばいくらか」

「約五十八万円です」

「君はカラクリ全部で百万円と言ったじゃろうが。ちいと値段をふっかけとりゃせんかね」

「部長、エレメントを必要な数だけ、ボール箱に入れて買ってくれば良いってもんじゃないんですよ。組み上げるからこそ威力となるんですよ。いいですか。部長だって飲み屋で酒を注文すれば、酒屋でバラで買う値段のざっと三倍以上の金を払うでしょうが……あれは何ですか」

「無礼者めが。君は問題を逸らしちゃいかんぞ。君は詭弁を使うか」

「いいえ、バラで買うのが安くて良いかどうかです。僕の質問にも答えてください」

「君、聞いとるのはワシじゃ。それでもまあ、君も反問しちょるんじゃから答えよう。飲み屋の値段は、いくらバアさんでもあれのサービス料が入っとるんじゃが。むっ、君たちはワシの揚げ足を取ろうっちゅうのかね。昭六、君は若いくせに狡猾なとこがあるのう」

「部長、ま、これでＮＨＫとの競争にも勝てるんですから」

連日の議論の果てに、依田部長は、稟議書に判を押し、機械は発注された。受注した大和通信も、五月初旬までにはなんとか機器を完成させるという。

街なかの電柱に、事前運動のポスターが目立つようになってきた。

昭六はじめ、選挙スタッフが指名され、テレビ局舎の裏手にある病院跡の建物を選挙本部とした。みんなで手分けして、立候補予定者の氏名、経歴、顔写真、それに得票記入用紙、電話回線の手配、文房具の発注、弁当や旅館の予約、アルバイトの確保など、本格的な準備をはじめた。

五月一日、第二十八回衆議院議員総選挙を五月二十二日に行なうと公示された。この日から二十一日まで三週間にわたって激しい戦いがはじまった。

この選挙は保守合同、両派社会党の統一後、初の二大政党の対決となる。立候補者の総数は九百五十三人、そのうち自民党は四百十一人、社会党は百十四人を立てている。

自民党が「総評にひきずられる社会党」と社会党を攻撃すれば、社会党は「アメリカに追随する自民党」と切り返していた。

ラジオ武蔵テレビジョンの選挙本部では、スタッフがどんな番組にするかの検討に集中していた。選挙速報を考えるには、まず開票の仕組みを整理しなければならない。

投票が終ると各開票所ごとに投票箱を開いて投票用紙を取り出し、それが有効か無効かを判定し、各候補者別に分類集計され、その集計結果が選挙管理委員会から一定時間ごとに発表される。

開票は選挙区によって異なり、即日、即日と翌日、翌日の三種類に分かれる。この開票の進み具合を見て、マスコミ各社は、序盤、中盤、終盤と名づけて報道する。もし投票が終わると同時、もしくは短時間のうちに、投票の結果が集計できるならば、選挙速報は不要となろう。

ここで見方を変えるなら、投票が終わってから最終結果が判明するまでの経過を、おもしろく伝えるための手法が、選挙速報だ。そのためには選挙をスポーツになぞらえるのが手っとりばやい。ある候補者の得票は序盤では優勢であったにもかかわらず、中盤では足踏みしはじめたとか、終盤に入って追い上げがきいてきたなどといった表現が可能となる。こうすることで選挙速報は、あたかも競馬やマラソンなどのレースのように人びとの興味と関心を刺激してやまない。

五月二十二日の投票が終ったあと、午後九時から十五分間の速報を手はじめに、全部で十七回、延べで十時間を越える速報を展開することとなった。

さきごろテレビ局舎の隣に完成した仮設木造のGスタジオが、選挙速報のために割り当てられ、そこへできあがった速報盤が運びこまれた。

スタジオの中央に据えた二台の速報盤にカメラ二台を割り当て、カメラを切り替えて速報を実施する。速報盤の操作には東京国際電話局のオペレータ九人がとりついている。手元に届いた得票用紙を見ると、すぐさま数字ボタンを押していく。それに連動して、速報盤がパラパラと軽やかな回転音を立てて数字を表示していく。

これまでイメージとして育んできたものが、今は明確な映像となって展開している。それは速報盤を撫でまわしたいようなうれしさだった。

＊

二十二日の投票日、午後八時すぎから開票がはじまった。スタジオのなかに、それまでの稽古とはちがった緊張がみなぎる。やがて即日開票分九十二選挙区の得票数が入りはじめた。

本番である。

千葉県一区で自民党幹事長の川島正次郎が、茨城県一区の自民党の橋本登美三郎、大久保留三郎が、いちはやく票を伸ばして当選圏内に突入している。

青森県一区では自民元の津島文治が躍進、返り咲きの気配である。

山口県二区では岸信介首相、弟の佐藤栄作が票を二分してすばやく当選を決めていた。

九州では福岡三区で副総理格の石井光次郎が突出し、当選確実を時間の問題としている。自民党は順調に議席を稼いでいる。

これにたいして社会党も奮戦している。岡山県一区では黒田寿男が票を集めて返り咲いている。香川県一区の成田知己は、開票と同時にぐんぐん飛ばし、いちはやく当選をかちとっている。京都二区の柳田秀一も自民党の元総理芦田均の後を追って当選を決めていた。

デスクの盛岡が、

「NHKだけはうちと同じ方式だけど、よそんちの放送形態を大きく引き離しているよ」

とにんまりした。

よその局の速報は、依然として候補者のあとに数字札をあらかじめ入れて、得票数を表示している。競争相手を引き離していることがうれしく実感できる。

これにたいして、ラジオ武蔵はアナウンサーが候補者の氏名党派につづいて、得票数を読み上げると、それに同調して数字が画面に打ち出される。その律動こそ、これまでのテレビにはなかった。

Gスタジオにいる選挙スタッフの誰もが、生き生きと仕事している。

「ちょっと頑張るか」

即日開票分の当落がほぼ確定し、即翌日分のうちの即日分の票が出つくして、二百人ちかい候補者の当選を打ち終えると、二十三日の朝となっていた。

午前八時すぎから、翌日開票がはじまる。北海道、東京、神奈川、大阪、福岡などの激戦区の得票がつぎつぎと送られてきた。

東京一区では、自民前の田中栄一が前首相の鳩山一郎、社会党の浅沼稲次郎を押さえてトップに立っていた。世田谷三区では、自民新の賀屋興宣と社会党委員長の鈴木茂三郎がデッドヒートを繰り返していた。

速報盤はおおむね順調に作動している。午後になるとほぼ大勢が見えはじめた。

副調整室《サブコントロール》にいる昭六は何か後ろに殺気のようなものを感じた。しかし、振り向く余裕はない。ともかくも、二台の表示盤を捉えているカメラを切り替える指示《キュー》を立てつづけに出し、ナマで放送している内容を所定の時刻枠に収めてしまわなければならない。

やがてスタジオの中の速報も終わりの時を迎えた。

結局、自民党二百八十四、社会党百六十四、共産党一、諸派一、無所属十二の新しい政界地図が編成された。

＊

このころになると、さすがに体中が疲れきっている。昭六は指を鳴らして、番組の終わりのタイトルを出した。やれやれと後ろを振り向くと、ワイシャツの袖を巻くりあげた依田部長が、口をへの字に結んでにらみつけている。

「おい昭六君、君はいったいここで何をしとるのかね」

部長はそう言って腕組みした。

「まあまあ、ご覧になっているようなことですね。うまくいってるようですよ、エヘヘ」

「昭六、君は根っからのバカとちがうか。こんな途方もない高価な機械を買いこんでだな、さっきから見ちょるが、チョロチョロと薄っぺらな数字が並んで画面に出てくるだけじゃないか。どこから熱気が出てきとるのかね。無礼者め……」

部長はディレクター用の椅子に座っている昭六に喚きまくった。

部長の出現に恐れをなした技術者たちは、「ご愁傷さま」と昭六に眼顔で知らせ、笑いを噛みころしながら忍び足で下のスタジオへ逃げていった。

「まあ、わしの言いたいことは君も分かっとるじゃろうが……、うん」

言うだけのことは言ったぞという顔つきで部長は頷いた。そしてくるっと後ろを向くとそのまま足早に副調整室から出ていった。ところが十歩もいかないうちに、身をひるがえして戻ってきた。

「君、一言言っとくのを思いだしたんだがね。さっき日日新聞の選挙デスクがな、あんたのところの速報は、数字が小気味よく打ち出されていて、なかなかおもしろいねえ。えらい新兵器を使っとるんですなあと電話してきたぞ。ええですか、君、日日新聞も今どきは、君によく似て堕落しとるねえ……」

部長はニヤッとした。それはめったに口許に浮かべることのない会心の笑いだった。わざとらしく両の手を大きく振って立ち去っていった。

「畜生っ、タヌキオヤジ、偏屈っ、どっちが無礼者さ」

金環食

昭和三十三年、八丈島で金環食を

昭和三十三年二月十二日。

二月に入ると、さすがに寒気はいちだんと厳しくなった。その日、出社した箕輪要は、すぐさま機材室に入りこんで16ミリカメラの手入れをはじめた。

「Choo choo train a chuggin down track …… woo I got a one way ticket to the blues……」

若手の北口が調子よく鼻唄を歌いながら、陽気に挨拶してきた。

「やあ先輩、おはようさんです」

「おはよう、北やん、また新しい歌を仕込んだのかい」

「これですか、流行《はや》りだしのロカビリーですがな、『恋の片道切符』ですわ」

箕輪の耳にも、それはこれまでのジャズソングとは一味違うリズムと聞こえた。

「きょうは、またえらいこと冷えこみますなあ。ねえ先輩、今年の寒さは例年よりきついんとちゃいますか。これだけ冷えこんでると南極なんかは、容易なこっちゃありまへんで。ほれ、第二次南極観測隊を乗せた『宗谷』は、ほんまに昭和基地に接岸でけますやろか」

箕輪は手を休めずに、北口の話に相づちをうっていた。

北口も箕輪の前でカメラの手入れをはじめた。

そこへ機材管理の古山がやってきた。小太りの古山は笑顔で
「ミノさん、おはよう。やってますね。あなたは几帳面だなあ。始業点検を欠かしたことはないもんね。ところで、ちょっと相談があるんです」

と机の前に座りこんだ。古山は、根っからの機械好きで、いつも仕事のタネを抱えている。

「あのね、この四月の半ばに日食が見られるのを知ってるでしょ」

箕輪はうなずいた。

昭和三十三年四月十九日の昼過ぎ、日本列島の南側で二十世紀最後の金環食を見ることができる。天文台はもちろん、各地の大学をはじめ天文マニアまで大張切りだったが、ラジオ武蔵テレビは、まだなんの準備もしていない。

古山は箕輪をじらすように話しはじめた。

「それでですね、あたしとしてはね、日食の観測取材に使えるカメラの取付台座の良いのがないかと、あちこち捜してみたんです。あるにはあるんですがね…赤道儀《イクエイショナル》を使えばぴったりなんだけど、一式で十五万円だっていうんですよ。これは高い。それに次の日食は五十四年後の二〇一二年なんです。だから工夫して安くて良いものを自作してみたいと思ったんです。そこでミノさんに目をつけたんですよ、あんた手伝ってくださいよ」

箕輪は思いがけない話に慌ててしまった。

「古山さん、勘違いじゃないですか。僕は機材には強くはないんですから……」

「ミノさん、あんたじゃなきゃだめなんですよ。あんたは飛行艇の操縦士だったでしょ。ま、私の顔も立ててくださいよ」

これには箕輪はまいったと思った。仕事熱心な古山は、箕輪の経歴を承知の上で、話を切り出しているのだ。

「いやぁ、まけました。いいです。お手伝いさせていただきます」

と箕輪は二つ返事で引受けた。古山が飛行機乗りと言わず、「飛行艇」と言ってくれたことが無性にうれしかった。飛行艇が若き日のすべてだったからである。

*

昭和十六年十月、旧制中学四年生だった箕輪は、海軍の甲種飛行予科練習生（予科練）に志願・入隊した。その二ケ月後、大東亜戦争が始まった。箕輪は激しく厳しい二年間の訓練課程を終えて飛行艇の操縦員となった。

箕輪の愛機・二式飛行艇は四発エンジンを搭載した日本で最大の飛行機だった。主翼の長さが三十八メートル、艇体の長さが約二十八メートル、巡航速度時速二百九十六キロで、最長八千キロを飛ぶことができた。機長、正操縦士、副操縦士、航空士、通信士、機関士のほか射撃手の合計十人から十数人が乗り組む。

したがって二式飛行艇の主な任務は、長い航続距離を生かし、太平洋に敵の機動部隊を求めて哨戒飛行に飛ぶことだった。

電波航法のない時代に、海洋を航行する船舶や飛行機は、天体観測携帯用の機具・六分儀《セクタント》を使い、月や星の高度を測定することで現在位置を確認していた。

航空士は機体上部の丸窓で六分儀をかまえ、必要とする天体を捉えて、その角度を確かめ、航空計算盤を使って位置を割り出して、海図に位置を記入し、空路を確定していた。機長は、その報告を信頼して飛行するのだ。

＊

戦後十年、今、箕輪はカメラを抱えている……。

古山は腰を据えて話しはじめた。

「ミノさん、問題点の整理をしておきますよ。まず、使用するカメラはアリフレックスＢＬ、これに４００ミリの望遠レンズをつけましょう。これだと、太陽の大きさが日の丸の国旗ぐらいで画面に入るはずだからね。時間の経過とともに画面を対角線方向に移動していかないと月を画面中央に捉えられませんよね。それはカメラを上下に振るの《ティルティング》と、左右に振るの《パンニング》とを同時にしなきゃならないことにあったんですよ」

箕輪は、そうなんだと頷きながら、

「そうですね。天体撮影のむずかしさは、これまでカメラマンのカンにたよってこの二つの動作を同時にやっていたことにあるんですよ。古山さん、結論を先に言っちゃえば、一つだけの撮影動作《カメラワーク》に絞ることができればいいんだ」

眼鏡の奥で古山の瞳がうれしそうにまばたいた。

「そうなんです。しかも確かなモノを安く作んなきゃだめなんですよ。ここが肝心なんです。じゃ、よろしくね」

古山は、肩をゆすりながら姿を消した。

それから箕輪と古山の二人は、夢中になって機材の設計をはじめた。日食の原理や赤道儀の構造も理解できたので、これをいかに簡略にするかである。

カメラと三脚を眼の前にして二人は、とめどなく話しあった。そして在来のカメラ用の三脚の取り付け台に、もう一つ取り付け台を載せ、その一端をヒンジで固定し、反対側には可動式の腕木を装着して、二台の取り付け台が直角に交わるようにすれば、目的を達することができる。

さっそく出入りの撮影機材の製作所に発注してモノを作りあげた。二台の取り付け台を渡しての注文だったから、制作費も数千円でおさまった。そして試験の結果も上々で日食取材の態勢はかたまった。

＊

四月十七日。

日食観測の候補地としては、九州南端の種子島、屋久島、宝島、奄美大島、それに八丈島があげられていた。

東京のマスコミ各社は、飛行機の便がいいところから八丈島を候補地に選んだ。気の早い社は、四月になるといちはやくスタッフを送りこんでいた。

「あたしゃ、こうみえても気が小さいんで、本番になるとカッとしてしまうから二人のお伴はしません。ミノさん、現地でうまくやってきてください」

古山はこう言って照れたように箕輪と北口を送り出した。報道陣で満席となった全日空機に二人も乗込み、昼前には島へ到着した。

八丈島の空港は、戦時中に旧日本陸軍が造成し、戦後も引き続き使用していた。長さ千五百メートルの滑走路は舗装してないので、離発着する飛行機の車輪は、こまかい火山岩と擦れあい、砂煙を舞いあげる。

島の南のビニールハウスでは、島の特産である三尺バナナが黄色い花をつけ、青いバナナの実が育ちはじめている。六月になれば、それを箱詰めにして東京へ出荷するのだという。

島の旅館やホテルはどこも満員になっていた。なかには民家に頼みこんで泊まりこんでいる人たちもいる。

八丈高校の校庭には、東京天文台の三人の係員が屈折望遠鏡で写真を撮ると待機していた。

箕輪もここに三脚を展げた。すぐ隣には大和テレビもやってきた。

中之郷地区の樫立小学校には、仙台天文台のスタッフがテントを張って観測準備に入っている。そのほか、めぼしい場所には各大学や多くのアマチュア団体などが陣取っていた。

箕輪は夜になってから、北極星を基準にして三脚を固定し、いちおうの準備を終えた。

デスクに連絡の電話を入れると、放送時間を一分三十秒と予定し、そのうち金環食は三十秒にして欲しいとのことだった。箕輪は撮影計画を作りだした。

八丈島での日食は、はじまりから終わりまでが三時間三十二分におよぶ。そして金環食は五分五十一秒見ることができる。この日食を圧縮するのである。

映画は通常一秒間に二十四コマを撮影するから、全体を一分三十秒にするには、二十四コマの九十倍、二千百六十コマ、フィルムの長さにして五十四フィートに収めることになる。

箕輪は、時間の流れを一定間隔で区分して、一コマ撮りの時間割りを作成した。

日食がはじまると八秒ごとに一コマずつ撮り、金環食になると一秒に二コマずつの撮影間隔となる。そのための撮影の合図は北口の担当にした。

こうすることで視聴者は、金環食に重点をおいた日食の流れを集約して見ることができる。

四月十九日。

前夜の雨が明けて、空がぬけるように晴れた。

箕輪は三脚で固定したカメラの横に折り畳みの椅子を広げて座っていた。

午前十一時三十分、太陽が欠けはじめた。

あたりの人びとがざわめいて、望遠鏡やカメラに取りつきはじめる。

箕輪も立ち上がり、濃い黒色のフィルターを装着したカメラのファインダーをのぞいた。画面の中央に太陽がぴたりと位置している。

北口がそばに立っていて、ストップウオッチで計時しながら、合図した。

「用意《スタンバイ》」

「撮影開始《シュート》」

「停止《ストップ》」

「用意」

「撮影開始」

「停止」

箕輪は、北口のくりだす合図を受けて、間欠的にシャッターを押しはじめた。

太陽の左端に小さなシミができた。ここから「食」がはじまる。

少しずつ「食」が広がりだした。太陽が欠けていく。

箕輪はカメラグリップを右腕に抱きこんで、そっとパンニングしていく。

カメラグリップは、箕輪の体の一部となったように温かな手応えがある。

箕輪は微妙にカメラを動かしていく。太陽は画面中央に収まっていた。

やがて午後一時ごろ、太陽が三日月状に変化してきた。青空が墨色に変り、周囲は薄暗くなった。

けたたましい鳴き声がして、鳥の群が舞い上った。

急激に温度が下がって涼しくなってきた。

午後一時十五分すぎ、月が太陽の中央を覆いだした。金環食が始まる。

太陽が黄金の環に姿を変化していく。

箕輪の眼に、黄金の環の周縁が微妙に揺れ動き燃えているように映つる。

右手の人差指がシャッター・ボタンを押す。

金環食の映像が画面中央に静止したままフィルムに巻き取られているのだ。

音もなく静かに大空に燃える黄金の環……

その金色の炎のなかに箕輪は、あの日、燃えつきた日の丸の映像を見た……

＊

昭和二十年八月十五日、箕輪要飛行兵曹は仲間の搭乗員十人とともに、石川県七尾市の民家で玉音放送を聞いた。

二式飛行艇二機で、七尾湾の奥にかくれていたのだ。

箕輪たちは香川県の詫間基地に戻ろうと、二十一日の午後、二機で編隊を組み、七尾を飛び立って南下、鳥取付近から一気に中国山脈を越えようとしたところ、厚い積乱雲の壁に阻まれた。

二機はちりぢりになり、箕輪の操縦する飛行艇は燃料が不足してきたため、宍道湖と思って不時着水したが、そこは中ノ海であると土地の人に知らされた。

やっと基地へ電話連絡をとることができたが、司令も困惑して、燃料を確保できないのなら、飛行艇を銃撃して沈めるようにと命令してきた。箕輪たちは、機銃を下ろして岸辺に運んだ。残りの搭乗員は機銃の後に整列している。

機長は射撃手に命じた。

「目標、主翼下の燃料タンク三個、撃ち方用意、撃て《テー》」

搭乗員のいなくなった二式飛行艇が、無心に水面に浮いている。

機銃の連続的な発射音が響いた。しかし、その弾道は飛行艇には向っていなかった。飛行艇までの距離は百メートルもないのにである。

一連射、二連射……流れ星のような曳光弾の軌跡。それは見事に飛行艇から逸れて虚空を撃っていた。

「おい貴様、何をしとるのか。目標は飛行艇だぞ。照準のやりなおし、テーッ」

機長は大声をあげた。機長も拳を横なぐりにして、瞼を拭っている。だが弾丸はいっこうに命中しない。

「自分にはどうしても撃てません。許してやってください」

射撃手が叫んだ。と同時に立ち上った。

「こんな惨《むご》いことをどうしてやれるんですか。わしらの飛行機ですぜ」

「うおーっ……」

と射撃手は手放しで号泣した。整列している搭乗員の顔もくしゃくしゃである。

「バカモン、それじゃ俺が撃とう」

箕輪が列から出て機銃の後ろに伏せ、射撃の態勢をとった。照準器の真中に飛行艇は大きすぎるほどの姿を晒している。

「撃ち方用意、テーッ」

箕輪は声を出して自らを励まし、機銃の引金を引いた。両の掌に連射の震動が力強く伝わってくる。

「弾着が逸《そ》れてます……」

という射撃手の声がうつろに聞こえた。涙で飛行艇が霞んでしまうからである。

弾丸が逸れているという射撃手の声は、命中しなくてよかったという思いに満ち満ちている。

箕輪は立ち上がった。全身から力がぬけているのが分かった。

「ほんとのところ、俺にも撃てん、でも敵の手に渡すよりは、俺たちの手で始末してやらなきゃいかんのだ」

それから、搭乗員は交替で飛行艇を射撃することにしたが、なかなか弾丸は命中しなかった。でもそのうちどうにか燃料タンクに命中するものがあった。艇体の中央付近から火炎が吹きだし、それが繋留索を燃やしてしまった。

飛行艇は水面を漂流しはじめる。やがて風に流され岸辺に漂着。飛行艇の火勢もようやく強くなり、艇体の中心にある三個の燃料タンクが燃えだした。

金環食が見える。箕輪は凝視する。しかし、そこから火焔が吹き出してくる。

艇体の中央に描いてある日の丸が燃えはじめた。

赤地を白く縁どった日の丸が燃える。

無惨に焦げ、焼け爛れる日の丸。

艇体を覆っている側板が剥げ落ち、そこから噴き上げる炎が日の丸を包む。

残っていた僅かな燃料が数回にわたって小爆発を繰返す。

「撃つな、撃つな……」

箕輪は声にならない声をあげていた。

飛行艇は長い主翼を伸ばした姿勢を崩さない。

苦痛に耐え、呻くことすらなく、燃えさかりながら水に沈んでいく。
もう誰も声を発するものはいない。敬礼している右手が震えている。
いつしかあたりも暗くなっていた。
やがて一握りの炎が水に消えた。
そのとき箕輪たちの戦いは終った……

*

箕輪の眼に、金環食とあの日の飛行艇の炎が重なり合う。

太陽の中で日の丸が燃えている。

ファインダーの中で太陽がゆらめいている。

箕輪は、そっとパンニングする。

太陽を覆っていた月が静かに歩んでいく。
太陽の左端の環が欠けた。太陽が薄い下弦の三日月状に変化しはじめる。
金環食が終わりに近づいた。太陽が半月のようになる。
やがて…… 太陽はふたたびもとの姿となった。

箕輪は太陽から視線を外した。

カメラのフィルムカウンターを点検する。指針は六十フィートを示していた。撮影は計画どおりに成功したのである。

箕輪は注意ぶかくフィルムを抜き出した。

「北さん、すまんがすぐ空港にこのフィルム原稿届けて」

と手渡す。どっと汗が流れだした。

「箕輪先輩、どうかしたんですか、眼が真っ赤になってますがな。あんまりムキになってファインダーのぞいたからやろな。ほなひとっ走りしてきます」

北島が気のいい返事をして待機している車へ走っていった。

沿道八・八キロ中継始末

昭和三十四年、皇太子ご成婚中継

昭和三十四年一月十二日朝。

峠昭六は東京渋谷の日赤産院の新生児室の前に立っていた。数時間前に長男が誕生したのだ。ガラス窓を隔てて、看護婦は小さなベッドの一つに手を伸ばした。白いネルの産着の裾をまくり、足の裏に妻の名の麻子と書いてあるのを確かめてから、

「あなたのお子さんです。よく似てますよ」

と、一人の子を抱き上げた。それはしわくちゃの生物である。小鼻をひくつかせてくしゃみをしていた。とたんに昭六はうろたえた。顔が紅潮してくる。立てつづけに頭を下げると看護婦が笑いをこらえていた。妻が出産すれば、父となり、母となるのが当然のこととしていたものの、我が子と対面した途端、収拾がつかなくなったのである。

麻子は、隣接した病室のベッドに横たわっていた。かなりやつれている。

「お疲れ様」

声をかけると、微笑が返ってきた。それは、紛れもない母親の表情である。それに引き換え、男が父親になるのにはかなりの努力がいるのだと昭六は思う。

「一仕事しにいくよ、畏れ多い方の結婚行列に巻き込まれた」

「お父さん、いってらっしゃい」

「えっ」

「今日からお父さんでしょ」

「冷やかすなよ」

＊

昭六は警視庁に向かった。三階の警備課の大部屋へ入ると、田原警部補が手をあげて挨拶してきた。

「昭ちゃん、なんかうれしそうだな」

「うん、今朝親父になったんだよ」

「お前さんにも人並みのことはあるんだ。なんか用事かい」

「うん、東宮御所ってのはどこにあったんだっけ。静かなとこだっていうじゃない。田原さん、道順を書いてよ。散歩に行ってみるからさ」

「道を聞くなら交番に行け」

「それはないだろ、警察官は、都民に親切にしてほしい」

「具合の悪いところへ、来られちまったな。俺は、その道順を作ってる最中なのさ。この四月が本番だからな」

田原警部補は苦笑した。

「邪魔が入ると書き損じが多くていけねえや」

田原は机にあった図面を裏返しにし、一言二言鉛筆でなぐり書きすると、四つに畳んで屑篭に投げこんだ。

昭六はわざとらしく、たばこの箱を取り落した。体をかがめ、拾い上げるようにして、屑篭のなかの紙片を手にしてポケットにしまう。

田原がぼそっとつぶやいた。

「俺の寸志だ、パパさんよ。正式発表は、まだ一ヵ月以上も先のことだから、そのつもりでな」

昭六は声をひそめて立ち上がった。

「ありがとう」

*

昭六は、テレビニュース課長の松本義一に、順路図を差し出した。

「確度五の資料が手に入りました」

「昭ちゃん、これは凄えブツを手に入れたな。ガンツグートだ。皇太子ご夫妻の馬車は、皇居から警視庁前、三宅坂、半蔵門、四谷、四谷三丁目、信濃町、神宮外苑、青山通りを経て、常盤松の東宮御所に帰るんだな。沿道の延長は約八・八キロか。ダンケ。すまんなあ。そいでだ。ひきつづいて中継計画も頼むよな。何、大したことはない。君を見込んでの話だ」

「何が大したことはないですか。大仕事に引きずり込んじまって。しょうがないな。僕一人じゃ無理ですよ。人をつけてくださいよ」

「よし、思いきって三人出そう。四年生の『デカチョウ』、二年生の『ポチ』と『ダーリン』をつけるよ」

松本は、すぐに三人を呼び集めた。

「こんな長いコースの中継いうたら、カメラごと移動でもせなあかんのとちがいますか」

元坂俊夫は、元水泳の飛び込み選手だ。すぐに詰問するのでデカチョウの異名をもつ。

「僕は、どうして夢中になんなきゃいけないのかが理解できないなあ。二人の表情を撮りたきゃ、馬車にカメラを載せてもらえばいいじゃない」

保志宏は虚弱児だったので、遊びに勉強していたら、いつのまにか東大に籍をおいていたという。

「一九五三年、イギリスのエリザベス女王の戴冠式のときは、BBC放送が史上最多十六台のカメラを使って実況中離したんだって」

これは、東大野球部で投手だった木田公正だ。

「あいつの受け売りだが……」

「あいつ」とは、木田に首ったけのアメリカの才媛だ。しょっちゅう職場に「ダーリンはいますか」と電話してくるので、ダーリンが木田の通称だ。

昭六は、三人に説明しはじめた。

「中継車から繰り出せるカメラケーブルの長さが百五十メートルだろ。両端にカメラを配置すると、ケーブルのたるみや遊びをみて、ざっと二百五十メートル間隔に設置することができる。だから、沿道をもれなくおさえるのには、四十台の中継車が要る計算だ。わが社の中継車は三台、それだけではどうしようもない」

「わかった。俺も大声を出して、地方局に協力をお願いする」

松本がうなずいた。

＊

昭六は沿道を三区分した。皇居から四谷三丁目までをデカチョウ、信濃町、明治神宮外苑をダーリン、青山から御所までをポチが担当する。昭六がこれを統括するという体制をしいた。

担当区域を毎日三ないし四回は巡回する。地図、双眼鏡、それに巻尺を抱えて「絵」になる地点を探索するのだ。そのためには、沿道のめぼしい家屋の二階や三階からの俯瞰を、確かめなければならない。

遠慮がちに話を切り出すと、必ず断られた。気合で迫らないとこれは駄目だと気がつく。「ちわあ、ちょっと二階から通りを見せてください。ほら皇太子さんを撮るんですから」

勢いよくぽんぽんとまくしたてる。相手がきょとんとしているうちに、

「すいません、そいじゃあ」

とすばやく上がりこんで、二階から通りを眺めるのである。慌てて駆け上がってきた主婦が、

「ちょいと、テレビ屋さんは、他人の二階から覗く権利でもあるのかい」

と噛みついてくる。この程度のことにたじろいては仕事にならない。

「なんたって皇太子さんのなんですから。奥さん、お隣にも声をかけてくれませんか」

と頼んだりしてしまうコツも身につけてしまった。

この作業を二週間もつづけると、沿道の家の概略は頭に入ってしまう。だからといって、手を抜くことはできない。他社も動き出していたからだ。

沿道を毎日巡回する単調な作業を、誰いうとなく「お遍路さん」と呼ぶようになった。

並木の雨のトレモロを
テラスの椅子で聞きながら……

デカチョウが『東京の人』を口ずさみはじめた。

「デカチョウさんのご詠歌ですね」

とポチが、その音程の外れた節回しを笑った。だがそのポチも、ほどなく、

……銀座むすめよ　何思う

とやりはじめていた。

＊

ご成婚中継は、ＮＨＫ、大和テレビ系列、それにラジオ武蔵系列の三系列に分かれての競争とな

った。デカチョウが、興奮している。

「大和テレビは、お濠端をばっちり押さえてますわ。えらいこっちゃ……」

祝田橋から警視庁前を通り、三宅坂を過ぎると、右手が桜田濠、左手が隼町となる。この一帯は、戦後アメリカ占領軍の宿舎が立ち並んでパレスハイツと呼ばれていた。やがてはここに国立劇場を建設する計画があるという。

皇居の石垣と濠の水が構成する景観は、四季を通じてみごとだ。大和テレビが、ここを見せ場として中継計画を組立てるのは疑いもない。

ダーリンが沿道の図面を広げ、醒めた顔付きで口を開いた。

「大和テレビに対抗するには、馬車が二重橋から外に出た直後の、皇居前広場で移動を仕掛けましょうよ。ここらは、黒松が植わってるから、さしずめ松の廊下ですね」

「よしっ、それだ、松の廊下だ」

昭六は、テレビ中継課長の首藤実のデスクを訪ねた。

「キミィ、レールの上にカメラを載せて、百数十メートルも移動しようだって……遊園地の子ども電車みたいな話じゃないか。テレビカメラはですよ。精密電子機器ですからね。振動や衝撃には弱いんだよ。それに一台で五百万円からするんだよ。そんな無謀な話を認めるわけにはいきませんね」

首藤はてんでとりあわない。昭六は声を低めて囁いた。

「首藤さん、警視庁は真剣ですよ。戦後最大のできごととしています。大正天皇の葬儀や昭和の天皇の即位に関係した昔の幹部二十人ほどを集めて、勉強会をはじめてます。これは、カメラが壊れるの壊れないの、といったことじゃないんですがね。とてつもない大勝負になると思うんですが……」

「僕をおどかすの。そんな話は上からまるで聞いてないんだから」

昭六は、白けきって席を立った。

「俺も手伝うよ。構わねえから移動の仕掛けを先行して作りなよ」

中継課の班長の岩崎一太郎が、昭六に歩調をあわせて話しかけてきた。

「岩崎さん、ありがとう」

「喧嘩と祭りは嫌いじゃないのさ」

＊

「最大の見せ場は、曾祖父《ひいじい》さまのところじゃないかな」

ポチがぽつんとつぶやいた。

「爺さんってのは何よ」

デカチョウが詰問する。

「皇太子のヒイオジイサンといえば、明治天皇ですよ。明治神宮の外苑とその出口を押さえれば、決まりですよ」

「ふん、お前もやる気はあるんだ」

と昭六が毒づくと、

「これはやる気の問題じゃない。単に頭脳の問題です」

「ポチ、生意気言うな。でも、それは当たりだよな。行こう」

昭六は、現場へ駆けつけた。

明治神宮外苑の絵画館を背景にしていちょう並木の間を走ってくる図柄はまたとないものだ。馬車列を正面から押さえる位置には、青山通りに面して越銃砲店があった。昭六たち四人は、そろって店へ入って行った。二階から眺めてみると、予期していた以上に良い絵が撮れる。

「ああ使っていいよ」

五十年配の主人が二つ返事で承諾してくれた。

「これが決まりとなっていますから、お顔いします」

ダーリンがすました顔で、奇妙な文面の契約書を差し出した。

「テレビってのは、たいへんだね」

主人が署名捺印した。店を出ると、デカチョウが言った。

「あれはですね。町の不動産屋で、アパートの契約書を貰って、二人で書き直しただけです」

＊

明治神宮外苑の歩道の内側にも、松の廊下を造りはじめた。高さ約二メートル、幅一メートル、延長は二百五十メートルだ。大勢の大工が丸太で柱を立て、上に板を張り、レールを敷く。

ところが、張り出したトウカエデの枝が二本、邪魔になってカメラが通れないことが判明。

事務所に出向いて、

「伐採を許可してください」

「外苑は、明治天皇を敬慕する国民の熱意がこもっています。あの枝が育つまでに、何年かかったことか」

樹木管理者の老人は、頭を横に振り、頑強に拒む。

「僕も同感です。ところで皇太子が、この晴れの日を迎えるまでに何年かかったことですか。一番喜んでいるのは、ヒイオジイサマの明治天皇さまじゃないのですか」

昭六は、そのことだけを繰り返した。

「わかりました。あたしのいない時に切ってください。でもね……」

老人の眼に光るものがあった。

「昭六さん、変化球はまるでなし、棒球《ぼうだま》一本で、しつこく迫りましたね」

ダーリンも、ほっとした顔付きだ。

「あの枝二本で稼いだのは、せいぜい三秒から五秒の画面だぜ。でも、それは捨てられない。因果な商売だよな」

*

「芙蓉テレビの殴りこみです」

ダーリンが叫ぶ。

芙蓉テレビが、青山の銃砲店に中継点を置くという。それを認めたらラジオ武蔵の見せ場は崩壊してまう。昭六たちは、銃砲店に飛び込んだ。

「すいませんね。家内が、いいでしょって言っちまったもんですから……」

店の主人が申し訳なさそうに頭へ手をやる。

昭六はまくしたてた。

「ねえご主人、最初にお願いして契約書まで交したのはウチなんですから、この際は、一家のあるじがウンと言わない話は、ダメなんだと言ってください。第一ウチとお宅は同じ港区、地元のお付き合いです。あちらは新宿区、いわばアカの他人じゃありませんか」

「なるほど地元の付き合いですか。……ですが何せ家内がね」

「奥さんには失礼ですが、ちょいと悪者になっていただいて、あちらの話はなかったことにしてください」

筋道の立った話ではない。根気で迫るだけなのだ。視線を逸らさず何度でもじっくりと繰り返して言う。

一時間あまりの押し問答のすえ、

「分かりました。根負けです。みなさんのお顔が立つようにしましょう」

銃砲店の主人がようやく首を縦に振ってくれた。

その帰り道、ポチがいった。

「昭六さん、実践女子学園に殴りこまれたら、もう港区の話は駄目ですよ。あそこは渋谷区なんだから」

「うるせえ、話はまとまったんだ」

「先輩は、論理的じゃない言い分の時だけ、妙に冴えてますよ」

＊

何ヵ所かでテレビ三系列の中継点が競合した。警視庁前、東宮御所前、四谷三丁目……。

そこでのカメラ位置は、じゃんけんで決める。

ポチがやると、必ず勝った。

「おい、どうして勝つんだ」

デカチョウが問いかける。

「それは、単純なことですよ。みんな、肩に力が入ってるでしょ。眼を見ると、瞳が小さくなってる。つまり、喧嘩する状態。そうなりゃ、殴るか張るか、つまり、グーかパーですよ。そこで、やる前に、二人の相手の顔をひとわたり眺めて、にやっとしてから、チョキを出せばアイコ。僕のひ弱な風体を見て、気勢をそがれた相手は、熱くなってまたグー。そこですかさずパーを繰り出せば、いただき。ま、知能の差もありますがね」

ポチは、当然だという顔付き。

「お前は、心底《しんそこ》性格がゆがんでる」

昭六はあきれたが、陣取りは快調。社に戻ると、

「うちがアメリカの放送局と提携して中継するという噂があるんだが」

課長の松本が、怪訝そうに昭六たちに尋ねた。

「冗談でしょ」

と言下に否定した昭六の横で、

「もしかしたら、俺が原因かな」

ダーリンが神妙に頭を掻いた。

「実は、お遍路が退屈だからと、あいつに声をかけたら、喜んで俺について来るんです」

大柄な金髪の女性がダーリンに寄り添い、お遍路に歩けば、誰だって、熱心なアメリカの放送局の女性ディレクターだと思う。ひたむきな眼差しが、恋人へのものだとは、気がつくわけはない。

みんな爆笑した。

「わかったよ、ま、二人で和気藹々《わきあいあい》とやってくれりゃいいから」

松本は、物わかりが良いところを見せて、席を立った。

＊

日が迫るにつれ、皇太子ご成婚で、日本中が熱気に包み込まれたようだ。「ご成婚」「おめでとう」が町の中に氾濫しはじめた。

四谷の電機屋のおやじが、

「やあ、お兄さんたち、ここんとこ、テレビがバカ売れに売れてんだ。おかげさまで忙しいや。内緒だけどよ、もう、五十台は出てるよ。なんてったってミチコさんだね。ま、お茶でも飲んでかねえか」

と笑顔を見せた。

青山の銃砲店の前に、ニュース映画社・日の出ニュースの安藤が待ち受けていた。

「峠さん、お宅の邪魔にならないようにするから、うちのカメラを入れさせてくれませんか」

昭六は、いささか年長の安藤に「さん」づけで呼ばれたことはこれまで一度もない。取材現場では、よく嫌がらせをする。安藤は、劇場の大画面で上映されるニュース映画こそ、映像報道の王者であると公言し、新進のテレビニュースを見下していた。テレビが全力をあげての中継地点を固めたため、割り込んで来る余地がなくなっているのだ。

「ま、ここはわが社の絵の目玉ですから、僕の一存ではどうも」

と生返事をしながら、内心では、ざまあみろとうそぶいていた。社に戻ると、

「おい、売れたよ」

松本が、興奮している。

「今度の番組がさ、二千八百万円で売れた。午前六時二十分から午後五時までの十時間四十分でだ。ふだんは、まる一日で七百万円なのが四倍だよ。松下電器の単独提供だ。それに、ラジオの売り上げを大きく離してるぜ。やっとテレビがラジオを抜いたんだ」

昭六たちの腹にずしんとこたえた。バカにされていた電気紙芝居が、今、茶の間の主人公になりつつあるのだ。

＊

四月五日日曜日。

十日の本番に先立って、馬車パレードの予行演習が行われた。午前九時、警視庁騎馬隊の三十八騎が、三台の馬車を警護し、速歩で皇居坂下門を出発した。

皇居前の「松の廊下」の、敷き詰められた松板にレールを設置、二台のトロッコにカメラを搭載してある。これを押して移動撮影するのだ。押し手も、カメラのケーブルを捌くのも、入社したての約四十人の新入社員だ。四人の押し手は、横目で馬車の速度と見比べながら移動するのだ。馬車が過ぎていく。

「出足がもたついた。中途でスピードが上がり過ぎ。うちの車を走らせて、稽古しよう」

「たるんでると、採用取り消すぞ」

ダーリンが、怒鳴り声をあげていた。

ラジオ武蔵のネットワーク系列は、札幌、仙台、長野、新潟、金沢、静岡、名古屋、大阪、岡山、廣島、福岡、長崎、熊本、鹿児島の各地方放送局と、東京の日本文教テレビの十七局だ。

中継機器は、正規の中継車二台のほか、バス二台にスタジオ用と予備の機器を搭載して特設中継車を編成し、参加地方局の中継車を加えて合計十一台、さらにヘリコプター一機をチャーターして上空からの中継もする。テレビカメラは三十四台となった。中継スタッフの総勢は、三百人を超える。

四月六日から、地方局の中継車があいついで上京してきた。

「わが社の技術陣は、移動カメラをはじめ、総力をあげてみなきまと良い番組を創り上げ……」

首藤中継課長が、真剣な顔で挨拶しているのがおかしかった。

旅館への誘導、弁当の手配、中継地点での注意、どの一つも気を抜くことはできない。昭六たちは、動き回り、しゃべりまくり、確認に追われた。

九日午後十時に、ようやく一段落。そろって最後のお遍路に出る。どこにも異常はなかった。後は天気次第だ。

＊

四月十日。

夜が明けそめるころ、雨はあがった。本番の日は、晴れやかな朝を迎えた。

この日、沿道の両脇を埋めた群衆は百万人を数えた。

皇太子夫妻の馬車は、定刻午後二時二十三分、二重橋に姿を見せた。

パレードのはじまりだ。

「クレーンショット」

第一中継車で、昭六が叫ぶ。岩崎がレバースイッチを倒した。

この日のために特注したクレーンカメラが、七メートルの高みから、広い画面で馬車を捉え、降下しながらズームインし、夫妻をクローズアップした。

皇居前広場を馬車は軽快に走る。

新入社員が懸命にトロッコを押す。

トロッコ上のカメラがそれを追う。

祝田橋から警視庁前へ。

馬の足音が、高らかに響きわたる。

二時四十六分、半蔵門を通過。

ヘリコプターのカメラに切り替る。

二時五十四分、四谷駅通過。
日の丸の小旗の波。
二時五十八分、四谷三丁目を左折。
銀行の屋上から見下ろすカメラに美智子妃が答えて手を振った。
三時二分、信濃町に到着。
外苑の絵画館横を二時七分に走行。
至近距離でカメラが移動する。
一心に走りつづける馬の瞳。
馬車の背景に若緑が流れる。
より添うお二人の顔。
絵画館を背景に、
いちょう並木の中の馬車。
望遠レンズが正面から押さえた。
陽炎に揺れる馬車。
ゆっくりと近付いてくる。
見せ場の絵は決まっている。
三時九分、青山通りに入る。
三時二十分、東宮仮御所に帰着。

この三ヵ月間……。

心に焼きついていた「絵」。

それが走り、そして、消えた。

＊

テレビ局舎には、本番の熱気が冷めないままに残っていた。

「みんな、よくやってくれた。ほんとにダンケ」

スタッフの一人一人に、松本が、両手で握手を求めていた。

「至近距離のクローズアップが……」

デカチョウがまだ燃えている。

ダーリンがあいつと腕を組んで帰ってきた。

「Fine business!」

「ね、うちはじゃんけんに勝ったばかりじゃない、本番でも勝ちましたね」

ポチは、眼を充血させている。

「青春が走ったんだ。俺たちのな……」

昭六は、そっと呟いた。


『ＴＢＳ新調査情報』一九九七年十一・十二月号所収

事件記者の六十年安保

昭和三十五年、六十年安保のさなかで

昭和三十四年秋。

ラジオ武蔵は、武蔵放送と社名を改めた。その直後、警視庁に取材拠点を設けた。

庁舎二階の一室に、「ニュース映画クラブ」の看板が真新しい。

デカチョウこと元坂俊夫が、顔をほころばせる。

「昭六さん、所帯道具がそろいましたね。あ、直通電話は、五八の一九二五です」

運び込んだのは、ソファベッドと本立てにスクラップブックだ。

「俺たちの最初の砦だよな」

首都東京の治安を預かる警視庁は、九十の警察署と、二万七千人の警察官を擁する巨大組織。皇居・桜田門前の茶褐色の五階建の庁舎が、その権力中枢だ。

入社六年目の昭六は、警視庁のキャップとなった。七人のスタッフを前に、

「ここには記者クラブが二つある。一つは新聞の老舗の『七社会』、『ニュース記者クラブ』は後

発の新聞とＮＨＫだ。新参の俺たちは、よほど頑張らないと勝てないぞ」

警視庁担当記者は、事件記者の名で呼ばれる。記者は、刑事・防犯・交通・警備・公安の各部を分担して、二十四時間交替勤務をする。

キャップの昭六はじめ、誰もが警視庁には初めて常駐。手探りで警察の基礎を学ぶ。

「恥ずかしながら、教えてよ」

昭六が手を合わせると、

「大キャップさん、どうしたの」

警備課の堀部が巨体を乗り出した。

「俺はまだ、はっきりいって駆け出し、トウシロウだよ。そのくせ、部下には、キャップ面をしなきゃなんない。いや、聞きたいのは『検挙』てのは、何のこと」

「昭ちゃん、『逮捕』は法律用語だが、『検挙』は、警察行政上の用語だ。通常、逮捕には、逮捕状が必要だ。検挙には、逮捕状の有無にかかわらず、拘束するという意味合いがある」

「警察は、好きに人を捕まえられるってことかい」

「そうじゃない。人を拘束したら、必ず逮捕状を請求するとか……」

「いや、ありがとう」

「ところで、コメコンて何」

「それは、ソ連圏東欧社会主義諸国の経済協力機構のことだよ」

「実は警部補の昇進試験の準備してるんだが、この種の用語が苦手でね」

「持ちつ持たれつ、よろしく」

こんなやりとりの中から、互いの気心も知れて、取材もしやすくなった。

＊

昭和三十五年五月。

「今年の目玉は安保や。男やないか、どんと飛び込んで勝負したるで」

三年生のデカチョウは、いつも元水泳の飛び込み選手の心意気だ。

昭六は切り出した。

「そうなんだ。安保だ。政府は日米安全保障条約改定の交渉を終え、今年一月、新安保条約に調印した。その批准をめぐる国会審議が揺れてるんだ」

二年生の深川英一が口をはさんだ。

「政府・自民党は多数をたのんで、五月十九日から二十日にかけ、衆議院で安保改定を単独可決したんです。参議院の審議がどうなっても、六月十九日には、自然成立してしまいますよ。民主主義の基盤が崩れるという声が、高まってるわ」

デカチョウが腕組みした。

「安保反対の主役は安保改定阻止国民会議だ。社会党が中核だ。その行動は、あくまで合法的にするといっている。ところが番外の主役がいる。全学連主流派さ。ブント・共産主義者同盟だ。新左翼の連中は、武闘主義者だ。どのような政治目標があるのかは、よく分からない。分かっているのは、行動的で、激発しやすいってことだ。だから、目を離すわけにはいかない」

八人の事件記者は、ほとんど総出で、デモの取材に出る。

国会請願のデモの列の中に、子供連れの主婦、婦人団体、芸術家、一般市民の姿が、日増しに、目立ってきた。

＊

六月二日。

深川が取材から戻ってきた。

「国鉄労組は、四日の統一行動日に、全力でストを打つと言ってます」

「もちろん裏は取ったんだろうな」

昭六が切り込む。

「国労の東京地方本部は、そういう声明出したんです。裏って何ですか」

深川は眼鏡の奥で、眼をむいた。

「バカヤロー、口先だけの話で帰ってくるな。裏ってのはな、国鉄がストだって言やぁ電車を止めるってことだ。電車を動かしてるのは運転士だ。運転士を組合が確保しなきゃストにはならない。この連中は、飯も食うし寝泊まりもする。そこんとこを確認しなきゃ、嘘か本当か判断はできない。出直してきな」

深川は、ふくれっ面で出かけた。

夕方近く戻ってきた深川は、

「品川、田町周辺の旅館十数件を国労が確保、五百人から六百人は宿泊できます。三日の夕食から三千人分の弁当の手配も終わってます」

「よくやった。それだけかい」

「そのほか、総評弁護団も待機して、紛争や逮捕の事態が起きたら、即応できるようにしています」

「その調子だ。足で稼いで裏を取ると、闘争が具体的にイメージできるだろ」

深川はうれしそうに、うなずいた。

「分かりました。それとですね、聞き込みに旅館を二、三軒回ったんですが、公安部の刑事と出会いました」

「連中は、徹底的に裏を取る。それが連中の手口さ。いいか、具体的な事実、情報だけを持ってこいよ。高みの批評や観測は、不要だぜ」

＊

六月三日。

国鉄ストを前に、労使双方が、乗務員の確保で対立していた。

深川は、労組が乗務員を、旅館に確保するまでを絵にした。

六月四日。

東京を中心とする国鉄の拠点地区で、始発から二時間の時限ストに入り、運休電車六百五十五本を数えたほか、東京発の長距離列車の大部分がマヒ状態になった。

深川は声をはずませ、

「品川駅構内八山《やつやま》信号所には、赤旗がひるがえり、革命映画のロケ現場みたいです」

と電話してきた。

＊

昭六がデカチョウと、本郷の全学連事務所を訪れると、

「峠さん、頼みがあるんですが」

中田弘が笑顔を見せて頭を下げた。

「実は、どうやら俺にも逮捕状が出たらしいんです。家の回りには、刑事が張り込んでいて帰れない。まだ、少し仕事があるんです。もうしばらくは自由でいたいんだ」

「五月二十日、君たちが首相官邸乱入で事前謀議した疑いがある、それだな」

「さすがですね、迷惑かな」

「分かったよ。面倒見よう」

筋からいえば、拒絶だ。だが、ここは賭けてみようと、即座に決めた。

中田は、全学連幹部の一人だ。昭六とは気があって、有力な情報源《ネタモト》の一つとなっている。

六月中旬をヤマバとする闘争の段取りをつけたいと言っているのだ。

昭六は、スタッフで利用する赤坂の旅館「一茂登《かずもと》」の一室を手配した。

「俺はな、弱みにつけこむことはしないからな。気楽に泊まってけよ」

中田は深夜か早朝に宿に戻って布団に潜り込んでいた。なぜか朝飯には、きちんと起き出す。問わず語りに、

「俺たちの決戦の日は、六月十五日だ。これに全力をあげる。そのための準備が忙しい」

中田は、三杯もお代わりをすると、

「お休みなさい」

と寝室に戻っていく。

＊

昭六が公安部に顔を出すと、

「刑法百三条を知ってますよね」

公安一課樋口第三係長が、まじめな顔でつめよってきた。

「朝からいきなり恐ろしいお話で」

「犯人蔵匿《はんにんぞうとく》は二年以下の懲役です」

「こちら様は、視力が良い。なんでも見通しだ。今、学生の甥を一人面倒見てるけど、あいつは被疑者かなあ……」

「ウチは、その甥を追ってるの」

「樋口さん、刑法百五条によればさ、親族が犯人かくまっても罪にならないっていうよ」

「峠さん、警告してるんだぜ」

「ね、俺の甥はさ、朝から大飯喰う奴なんだが、飯の最中にね、十五日にお祭騒ぎをやるって、仲間と……」

昭六の話に、佐藤主任も寄ってきた。主流派の動向の機微に触れる部分だからだ。

「その甥御さんの話は興味があるよ。ぜひ近いうちに、会いたいな」

樋口が、苦笑を浮かべている。

「お言葉は、甥にも伝えます」

＊

六月十日午後三時四十分。

東京・羽田空港に、ハガチー・アメリカ大統領新聞係秘書が、アメリカ空軍の特別機で到着した。アイゼンハワー大統領の日本訪問の打ち合わせに来たのだ。

空港送迎デッキで、自民党代議士の秘書団約千人が、日本・アメリカ両国の小旗をうち振り歓迎の声をあげた。ハガチー氏は、すばやく黒色のキャデラックに乗り込んだ。その前後をパトカーが固めて走り出す。その後を昭六たちも追った。

空港出口の弁天橋手前で、待ち受けていた日共系の労組員、全学連反主流派の学生約五千人が立ちふさがった。

「ゴーホーム、ハガチー」

昭六はあわてて、キャデラックに突進した。日共系の全学連反主流派が、乱暴することは予期していなかったからだ。

デモ隊は車体の下に手をかけ揺さぶりはじめた。プラカードを車に叩きつける。車体がへこむ。窓ガラスは、破られていない。

車の中で、ハガチー氏は腕を組み、苦笑を浮かべている。

昭六は、激しいデモ隊の揺さぶりに、目の前の大男の腰にしがみつくと、左右の腰の拳銃にさわった。アメリカのボディガードだ。太い腕が昭六の首筋に迫った。

「デモ隊じゃない。リポーターさ」

昭六がその腕を押さえて訴えると、ウインクして手を離してくれた。

空港ビルから警官隊千人が、急を聞いて救援に駆けつけた。

上空に爆音がとどろく。海兵隊のシコルスキーS58型ヘリコプターだ。警官隊が円陣を組んで、スペースを確保すると、強行着陸した。ハガチー氏がヘリコプターに乗り込むと、ヘリコプターは、すさまじい砂埃を地面に叩きつけて急上昇した。

＊

六月十一日。

旅館一茂登での朝食に、中田も起きてきた。

「おい、もう限界だぜ。警視庁の連中が君に会いたいと熱望してるよ」

「ありがとう。どうやら準備はできました。俺がいなくなっても、本番前に、昭六さんの好きな、『誰が、いつ、どこで、何をして』を必ず伝言させます」

「君が釈放される頃は、安保は終わってるな」

「ラストシーンに出ない役者です」

中田は、さっぱりした顔つきで、旅館を出ていった。

安保改定阻止国民会議は、この日から、第十八次統一行動を打ち出した。国会周辺は「安保反対」の請願デモで埋めつくされた。政府の強硬姿勢に世論の反発は強まっている。

　全国三百三十六カ所で集会が開かれ、四十五万六千人が参加、三百十九カ所で四十四万人がデモに参加した。

＊

　六月十三日。

　昭六は平本警備第一係長の前に顔を出した。

「おすっ。俺はさ、まずいことに、ゆうべ女房と喧嘩しちゃってさ……」

「夫婦喧嘩は犬に相談したら」

　平本は、昭六の冗談に、眉をしかめ、そっぽを向いた。

「旦那様は、ご機嫌斜めか」

　このまじめ一途の人物は、大仕事を抱えて緊張しているらしい。昭六は大部屋の隅から様子を観察した。

　平本は周囲を見回してから、あちこちへ電話をかけだした。

　そこへ公安一課第三係学生担当の樋口係長が姿をみせ、二言三言話しかけると、丁重に一礼して去った。

「やはりハガチー事件の後始末か」

　昭六には、はっきり筋書きが読めた。すぐに取材の手配をする。

東京・大塚の東京教育大学前に張り込んでいると、石神淳がつぶやいた。

「親父が教授だったからね、ここの内部はよく知ってるんだ」

午後十一時過ぎ、機動隊三百人が到着、それに気づいた学生たちが、校舎の入口に机や椅子を積み上げている。

「淳ちゃん、わが社の独走だ」

昭六は石神の肩を叩いて合図した。軽快な回転音を立てて、石神が撮影に入った。ライトに浮かび上がって機動隊が前進した。そのヘルメットに細かい光彩が反射している。

公安部の係官が、ハガチー事件で主導的な役割を果たしたとして、学生自治会室の家宅捜索を行うと通告した。

「大学の自由を犯すな」

学生が立ちはだかる。それを機動隊が体当たりして押しのけた。

「これは大学の権威への冒涜です」

朝永学長が、抗議した。

「大学の自治を侵しているのではなく、おたくの学生が外国の賓客への暴行を働いたからの捜索です」

三田公安一課長はそれだけ言うと、見向きもしなかった。

そのとき、テレビ各社や新聞社のカメラマンがとび込んできた。

ライトやフラッシュを浴びて理論物理学の権威・朝永学長は、唇をかみしめて、立ちつくしていた。

＊

六月十五日。

朝から雨が降り続く。安保改定阻止国民会議の第十八次統一行動の呼びかけに、東京地評、青婦協などの労組員、それに地方代表など約二万人は、日比谷公園に集まり、順次、国会へ請願をつづけていた。

全学連主流派の学生約七千五百人は、独自に国会前に座り込んで気勢を上げた。機動隊の警戒態勢も厳重だ。

午後四時すぎ、昭六は国会裏門前を見回っていた。ブントは、この日を決戦の日としている。だが、その兆しは、まだ見えない。昭六は苛立っていた。そのとき、高校生のデモ隊を指揮する一橋大学の加藤が、昭六を見て走ってきた。

「中田さんからの、伝言です」

「それを待ってたんだ」

「午後五時半、明大がフォワードで南通用門から突入です」

加藤は、デモの列へ走り去った。

分かった。昭六の胸が高鳴った。

昭六は走った。

国会の回りを夢中になって走った。

五カ所に展開していたカメラマンと記者に、集結するように指示した。

集まってきたカメラマンは、南通用門の門柱の上、議員宿舎の塀に沿ってクレーン車を駐車させ、ゴンドラに乗り込ませた。照明マンには、バッテリーライトの他に、数本の発炎筒《フライヤー》を持たせた。オートバイが、取材スタッフにヘルメットを届けに来た。記者も分散させた。

夢中になって昭六は配置を終えた。他のテレビ各社は、カメラを集中していない。気づいていないのだ。

時計は午後四時半をさしている。やれやれとタバコに火をつけると、後ろから両肩をつかまれた。つきあいの深い警備課の堀部だ。

「昭ちゃん、血相変えて、スタッフをここに集中したのは、どういうわけだい」

「単なる俺の気まぐれさ」

「ここを勝負場と立直《リーチ》をかけたな。よしっ、俺の方も急がなきゃ」

堀部は、右手を額に当て敬礼した。

昭六の動きをずっとマークしていたのだ。そして状況の切迫を覚《さと》ったのだ。

南通用門の内側に、機動隊の小隊が、いくつか駆け足で、集結している。堀部の一報で措置をしているのだ。

昭六は右手を高く掲げて親指から人差し指と折ってみせた。「秒読み」に入っているぞと、サインしたのだ。

それぞれのポイントに張りついたカメラマンが、親指と人差し指で丸を作って、了解の返事を合図してきた。

五時十五分過ぎ。

明治大学の自治会旗を先頭に、デモ隊が南通用門に向かってきた。

「国会内で大集会を開こう」

「きょうはやるぞ」

五時三十分。

「ピリピリー」

鋭い笛が喚声の中をつんざいた。突入の合図だ。

門扉に数人の学生が取りついた。

ワイヤーカッターで、門扉に巻きつけた針金を切断する。

リーダーが手を振ると、数人が角材を抱えて扉に突撃した。二度三度と、角材が門扉を襲う。

あおりを受けて門柱が揺れだした。みしみしと、音を立てて、門扉の一部が破れ、半開きとなった。背を低くしてスクラムを組んだ隊列が門扉にぶつかっていく。扉が開いた。

数人の学生が、燃料を浸した布片を燃やし、警察のトラック二台のホロに火を放とうとした。

機動隊の二台の放水車がデモ隊に機関砲のような筒先を向け、高圧の放水を浴びせかける。一人二人と学生が水にはじかれてよろける。

機動隊は警棒を手にした。

デモ隊の主力も、前進しはじめる。デモ隊と機動隊がぶつかる。国会構内にデモ隊は乱入した。

石神淳は、二つの固まりが激突する境目で、脚立の上に立っていた。左手に燃えさかる発炎筒をかかげ、右手でカメラを回している。発炎筒から燃え落ちる細かいマグネシウム片を全身に浴びて、不動明王さながらだ。

「雨に洗われてどっちも、良い表情してるよ」

石神は、脚立から飛び降りるとうなずいた。燃焼する男の表情に惹かれるというのが口癖だ。

ガツン、鈍い音を立てて、拳ほどの石が、石神の首筋を直撃した。

「うっ」

石神は呻いてかがみこんだ。

「立てっ。首を回して見ろ」

昭六の叫びに石神は立った。左右に首は回る。昭六は怒鳴った。

「首の骨は折れちゃいない。大丈夫だ。カメラを回せ。ひるむなっ」

石神の顔面が紅く染まった。

「何だと。お前さんは、鬼だな。そうか。とことん回してやらあ」

石神は、昭六をにらみつけてから、さっと再び、激突に肉薄していった。

夜の闇と降りしきる雨が、攻め込む力、反撃する勢い、そのいずれをも黒一色に包んでいる。

「誰か殺されたぞ」

枯れ果てた声の絶叫だ。だがその声は、ぷつんと消えた。

四千人をこえる学生が、国会構内の広場で、赤旗やプラカードを振り回し、「安保反対」「岸内閣打倒」と気勢を上げていた。

昭六は、連絡にきた深川に命じた。

「カメラマンから撮影済みフィルムを集めろ。特別番組を組む。急げ」

この乱闘で、女子学生一人が死亡。東大生の樺美智子と判明したのは、夜も更けてからだった。

＊

六月十六日、この日も雨。

国会を取り巻くデモの列は、黒い喪章をつけ、一人の女子学生の死を悼んでいた。

全学連主流派七千五百人は、国会正門前を埋めつくし、数十本の赤旗と各大学の自治会旗にも、黒い喪章がつけられている。

午後五時近く、アイゼンハワー・アメリカ大統領の日本訪問は取り止めになったというニュースに、デモ隊から歓声が上がった。

石神淳は、南通用門に供えられた多くの花束を丁寧に撮っている。

その首筋には、大きな湿布をあてていた。

六月十七日。

朝日、毎日、読売など新聞七社が「暴力を排して議会主義を守れ」と共同宣言を出した。「六月十五日夜の国会内外における流血事件は、その事のよってきたる所以を別として、議会主義を危機に陥れる痛恨事であった。われわれは、日本の将来に対して、今日ほど深い憂慮をもつことはない」と書き出し、議会主義の回復を求めた。

六月十八日。

安保改定阻止国民会議は、きょうが闘争の最終日になると、労組はもちろん各種団体、個人にいたるまで、根こそぎ動員を呼びかけ、二十八万人の参加を計画していた。国会周辺は、早朝からデモの列が渦巻いている。

参議院での安保条約の審議は、行われない。政府・与党は、自然承認へ持ち込む気配だ。

星空の夜、デモの列は一段と広がった。手をつなぎ、道路いっぱいに展開して、銀座までのびた。

そして……。

六月十九日。

午前零時だ。安保が自然承認された。数寄屋橋をデモの列は、静かに歩いている。その時、昭六は、デモ隊の列から、深いため息が、もれるのを聞いた。

スタッフが一人二人と集まってきた。どの顔にも疲労の色が濃い。

誰も口を開かない。大きなヤマを乗り切ったときの、充足と脱力が、体中を駆けめぐっているのだ。

昭六は、頭を下げた。

「お疲れさま。みんな自宅に帰れ。俺が今夜はクラブに泊まる」

『TBS新調査情報』一九七〇年三月号所収

「現場は生き地獄です」

昭和三十七年、三河島鉄道事故、テレビマンは

昭和三十七年五月三日土曜日。

連休のさなかとあって、武蔵放送警視庁記者クラブは、八人の勤務員の半数が休みをとっていた。

午前八時過ぎ、宿直の山田誠一は、ソファベッドから起き上がった。身仕舞いをして捜査一課と鑑識課をのぞく。両手をあげて大あくびし終わった刑事が笑顔を見せた。事件は起きていない。

午前九時、キャップの峠昭六が出勤した。テレビ各社の記者もつぎつぎに出勤。

五月晴れの憲法記念日だ。都心では憲法擁護派、憲法改正派が、それぞれに集会を開いていた。警視庁交通機動隊が白バイ九十五台を繰り出して、行楽地へ向かうドライブ族の一斉取り締まりを行った、

昭六は、栃木、神奈川、千葉、群馬の各県警に電話して、交通状況を確かめる。それぞれの主要幹線道路は順調に車が流れているという。行楽地の状況も確かめた後、午後〇時五十五分、ラジオ番組のために、広報課にある武蔵放送のマイクに向かった。

警視庁記者クラブから、交通ニュースをお送りします。東京都内、関東近県の交通は、鉄道、自動車いずれも、円滑に流れています。……


宿明けの山田が帰宅。練馬警察署で、自衛隊員殺しに張り付いてた小杉良太が戻ってきた。

午後六時前、今夜の宿直大澤明と遅番の上村久が出勤。

捜査一課の当直が「練馬署で七時から会見です。自衛隊員殺しの犯人《ホシ》が割れました」と告げに来た。すぐ小杉はカメラマンと出かける。午後七時過ぎ、昭六は帰宅。

宿直の大澤と当直の上村だけになった。

記者クラブに夜が来た。事件らしい事件もない、のんびりした日だった。

＊

午後九時四十五分ごろ、広報課の当直が駆け込んできた。

「今、常磐線三河島駅付近で、電車と機関車がぶつかり、死者が出た模様です。一一〇番へ入ったばかりですので詳細は不明です」

大澤明の手が本社を結ぶ直通電話にのびた。

「上村さんが現場へ行きます。カメラマンの手配頼みます」

大澤は荒川警察署にダイアルした。消防署も呼んだ。それぞれ担当者が現場へ出ていて詳細を聞くことはできない。

現場付近に所在する救急病院へダイヤルを回しつづける。受話器の向こうで、救急車のサイレンと、何やら看護婦の叫び声が聞こえる。しかし、負傷者の収容されたばかりの病院では、何を聞いても要領を得ない。ただ、これは並大抵の事故ではないらしいと感じた。大澤に緊張が走った。

午後十時三十分、夜の「JNNニュース」までには、余り時間はない。

警察に消防に、東鉄局、救急病院、何度となく繰り返しダイヤルを回す。事件、事故のたびに、記者クラブで後詰めをする記者の、いらだたしくもどかしい電話との戦いが始まった。

「もしもし、分かっていること、何でもいい。少しでもいいから教えてください。なにッ！電車と機関車とあわせて三本衝突しているんですか。場所は、南千住寄りの方、ハイ、それだけですね。どうもありがとう」

「ハイ、あッ、デスクですか。少し分かってきました。間もなく原稿送ります。フィルムは間にあわないだろうから、テロップで処理してください。ハイ、分かりました」

大澤は手元の原稿用紙に書きなぐっていく。荒川消防署はじめ隣接の各消防署から一斉に救急車が出場していること、死者の数もかなり多いこと、しかし、事故現場の詳しい状況はほとんど分からない。それでも、大澤は仕上がり一分間の原稿にまとめた。電話で本社に送稿を終えて数分後、「JNNニュース」の開始を告げる音楽が、クラブの隅のテレビから流れていた。

しかし大澤には、それを見ている時間的余裕などは毛頭ない。

大澤は、昭六に連絡する。

「キャップ、三河島で大事故です」

「分かった、すぐクラブに行く。山田を除く全員に出社しろと言ってくれ」

*

上村久は、カメラマンと超短波無線機《VHF》を搭載したFMカーに乗り、ひた走りに走った。上野駅近くで、三河島方面へ向かう救急車を発見、その後を追ったが見失なう。十時二〇分過ぎ三河島駅のガード下に着いた。多くの救急車やパトカーのサイレン。

駅の電燈は消えて、既に社旗をつけた新聞・テレビ各社の車が数台並んでいた。弥次馬なのか、事故電車の乗客なのか、歩道はぎっしりと人で埋まっていた。高架線路を見上げて指さしている。潮騒のようなどよめき。上村はカメラマンと報道腕章をつけ、人いきれをかき分けて駅の階段を駆け上がった。下り線に電車が停まっているが、人影はない。この電車は事故と無関係だ。

ロウソクのともったホームの事務室に、乗客らしい女性が、

「もう電車は動かないのですか」

駅長は呆然としたまま

「分かりません」

を繰り返すだけ。上村が事故について質問しても、さっぱり分からない。

ホームの先端から南千住方面を見ると、電車がうずくまっている。そのあたりだけうす明るい。新聞社のカメラのフラッシュが小刻みにまばたいては消える。

上村が高架線路の上の砕石を踏んで歩きはじめた時、滝口カメラマンは黒い一個の塊となって倒れている電車をめざして走っていた。その後を照明係が追う。滝口が右手を大きく振った。照明係

が二本の発炎筒《フライヤー》に点火、両手に握って高く掲げた。二つの強烈な光源が暗闇の中の現場をくっきりと浮かび上がらせた。滝口が16ミリ撮影機・フィルモ70DRを両手で構えて、撮影を開始。

下りの引き込み線では、貨物列車が車止めを突きとばして脱線。その隣では、機関車につっこまれた国電が、これも前部二、三両が脱線。ドアというドアはすべて開かれている。貨物列車の下をかいくぐって機関車の前に出て見る。D51型機関車は、白い蒸気を吐きつづけて、さながら断末魔の苦しみに喘いでいるようだ。もう一度、下りの国電の下を抜けて、下り電車の所へ出る。線路が、アメ細工のように曲りくねっている。架線は切れ、電柱が折れている。電車が一両、高架線路から下の民家に横向けに落ちこんでいる。もう一つ、その先に何かある。屋根の焼け落ちた平家《ひらや》の長屋みたいに見える。もしや、あれはスシ詰めに人を乗せた電車の変わり果てた姿だろうか。国鉄職員と白服の救急隊員の叫び声が入り乱れている。

上村は足元をみつめる。そこには、時計や万年筆、下駄、定期券、ハンドバッグの類が、散らばっていた。脱線しないで取り残された上り電車から、他社のカメラマンの声がした。

「電車の屋根に腕が一本あるが、どうしようか」

闇の中からは何の応答もなかった。救助作業をしていた人たちは、転っている頭部や、引きさかれた多くの遺体を一人でも取り出そうと必死になっていたのだ。

上村は高架線路から、梯子伝いに下へおりて、電車の転落した民家・渡辺さんの所へ行った。主人と若奥さん相手に当時の状況を聞く。メモを取る鉛筆が遅いようでイライラする。

そこの庭にようやく仮設の救助本部が出来た。電灯もついた。遺体が三体、車庫に運び込まれた。

付近の人たちが懸命になって救助作業に当たっている。下り貨物の後にあるガソリン専用車が爆発するのではないだろうかという囁きも聞こえるが、町の人たちは、一刻も休まず、たじろぎもせず、遺体を掘り起こしていた。

上村は本社へ電話した。手短かに現場の概況をかいつまんで、

「現場は、生き地獄になっています」

本社のデスク盛岡は、

「了解。根こそぎ動員をかける。頑張ってくれ」

＊

大野充は、呼び出し電話に答えた。

「分かりました。荒川警察署へ行きます」

村川孝のアパートには、電話がない。

「至急電報ですよ」

階下から聞えて、飛び起きた。

電文には、「レッシャジコデ　シシャタスウ　スグコイ」とあった。

村川は、二階へかけ上がり、転げ落ちるように外へ出た。新妻が「気をつけてね」と声をかけた時、もう村川は走り出していた。

小杉が練馬署の捜査本部で取材を終えて、大森の下宿へ帰ったのは午後八時過ぎだった。このあと久方ぶりに、近くの銭湯で垢を落し、近くのおでん屋で一杯ひっかけて帰ってくると、部屋の前

に下宿のおばさんが立っていた。

「あんた、何か事件らしいよ。直ぐ出て来いって、電話で何度も言ってきてますよ」

「ああ、モシモシ小杉ですが……」

「列車事故だ。直ぐクラブへ出直してくれ」

昭六は用件を言いおわりざまにガチャンと切った。

私鉄ストをはじめ、春闘のごたごた、そのあとの殺人事件、誘拐事件、メーデーときて、息つく暇もない深夜の呼び出しだ。人使いの荒い無情なキャップだと恨めしくもあった。しかし彼もすぐタクシーをつかまえていた。

四日午前四時すぎ、中田勝も至急電報を受け取った。

下宿にはいなかったことにしようかな、一瞬そうした思いが、頭をかすめた。なぜか怒りがこみあげて、寝間着を脱いだ。重い体を引きずって家を出た。

＊

警視庁は、全機動隊と非番員の当面召集を発令していた。事故の規模は、当初想定したより大きい。患者を収容している救急病院の数は二十四、荒川の現場付近はもちろん、浅草、お茶の水の病院までに広がっている。

クラブへ駆けつけた小杉は、すぐに大澤と二人で病院への電話取材に取り組んだ。しかし、どの病院も、救急治療に追われていて患者の情報の詳細を把握しきれていない。

そこで大澤は、他社に呼びかけた。

「みなさん、各社個別に電話であたるのは止め、みんなで手分けして取材して、情報をとりまとめませんか」

「いいよ。うちはそれでいいよ」

大和テレビがすぐに賛成。他の社も手をあげた。今は共同戦線だ。

＊

その頃、三河島駅には国鉄の臨時対策本部が設けられて、報道陣と国鉄職員でごった返していた。村川と上村が相前後して、ここへ駈け込んだ。二人は、それぞれの所で、夢中でメモをとっていた。

駅長室へ、東京鉄道局の角局長が蒼白な顔を現わした。

記者団の中は、怒りが渦巻いていた。事故状況の説明がまだ終わり切らないうちだった。

「信号が青なら、ポイントは当然切り換えているはずじゃないか」

「最初の衝突が起こったあと、下り電車の乗務員は何をしていたのだ」

「上り電車が来るまでに少なくとも五分はあったはずだ。上り電車を南千住駅か三ノ輪の信号所で止めることは不可能だったのか」

「事故直後、電車の乗務員は何をしていたのだ」

報道陣の中から、とどまることのない質問の矢が、角局長に集中した。局長は瞑目したまま、一つ一つ質問にうなずいていた。その一つ一つの質問の持つ重大な意味に耐えかねたのか、ガックリと肩を落した。

「唯今の所、申し上げられるのは、事故の概況だけです。原因その他、御質問の点については、関係者が、目下警察の調べを受けていますので、それが終わったあとでないと申し上げかねます」

低い声の呟きは、言葉にもならず消えて行った。後は回転椅子の中で固く沈黙を守っていた。

＊

現場についた昭六は、荒川警察署前にいたＦＭカーに陣取り、前線本部とした。現場で放送記者の取材した情報は、ここで整理し、無線通信で本社に送ることになる。

村川が憤然としてやってきた。

「東鉄局は、全くお手上げの状態ですね。局長は何も答えられない」

そこへ上村が顔を見せた。昭六が問いかける。

「事故現場の構図はどうなってるんだ」

「何本もの電車や列車が跡形もなくなったり、脱線したり、高架下に転落したりしているんですね、それで事故の構図が分からなかったんです。でも分かってきましたよ」

上村は、ポケットに差し込んでいたノートを取り出した。そこには、三河島駅周辺の現場の略図が書いてある。

「ここの三河島駅には、常磐線の上り下りの線路があるんです。それと田端駅と隅田川駅を結ぶ支線があります。事故は、田端貨物線と常磐線上り下り線で、三本の列車が衝突しているんです」

「一本の線路に三本の列車が集中してるんじゃないだろ」

上村は、もどかしげに手を振ってそうじゃないと、一気に話しはじめた。

「ともかく、三重衝突なんですよ。いいですか、順序を追って説明しますよ。午後九時三十五分過ぎ、田端操車場発水戸行きの２８７列車は、Ｄ51機関車が四十五両の貨物車を牽引し三河島駅から南千住方面六百メートルの地点で、常磐線下りの本線に合流するんです。ところがこの列車が脱線して機関車と燃料タンク車が下り本線に飛び出したんです。そこへ、三河島駅を出発した六両編成の上野駅発取手行きの下り２１１７Ｈ電車が衝突、電車の一両目と二両目が反対側の上り車線に飛び出したんです」

昭六は、自分なりに略図を書きながら、話の続きをうながした。

「このため、この下り電車の乗客の多くが、非常用ドアコックを操作して電車の外へ脱出し、上り線の線路を歩き出していたんです。その現場に九両編成の上り電車２０００Ｈが進行してきたのです。上り電車は、線路上の乗客をはね、上り線にはみ出していた下り電車に衝突したのです。そのため、下り電車の一両目、二両目は粉砕され、上り電車の一両目は粉砕、二両目、三両目が築堤の下に転落したのです」

「よく分かったよ。お前さん、鉄道に詳しかったのか」

「中年の駅員、多分助役だと思うんですけどね。この人をつかまえて話してもらったんですよ。線路の略図を書き、業務用のダイヤとつきあわせて、僕もここまで理解したんです」

「事故の構図は、これで明快だ。すると、信号がどう機能していたか、三本の列車、電車の運転乗務員、駅員、信号係員がどうしていたかが問題になるよね」

上村と村川が、二度三度、大きくうなずいた。

こうした中で、下り貨物の機関士が、新聞より先にテレビ、ラジオ各社に十分間だけの会見をするのである。もちろん新聞記者もこれに同席している。

小柄な中年の機関士は、怯えきっていた。小心な男なのだ。

「私は信号は青だったと思っていましたが、結果的には、信号の誤認で、大事故を惹起する結果になったことを申し訳なく思っています……」

低い声だ。語っていることには大きな意味がある。しかし、その結果についての責任を、自覚しているのかどうかは、よく理解できない。

「あんた、自分のしたことの意味が分かってるのか」

記者の追及に、頭を下げるばかりだ。

それからまもなく、大野が携帯無線機《ハンディトーキー》で連絡してきた。

「下り貨物の機関助手も病院で調べを受けています。この事件の問題点はこんな所にあると思うんだが……下り貨物の機関士は、信号を確認したのだろうか。最初の衝突の際、下り国電の運転手と車掌は、事故の連絡と緊急措置や、乗客誘導の面でどう対処したか。また関係の信号所、三河島の駅員の態度などが、まだ不明です。それにしても、こりゃ不可抗力の事故じゃないぜ。人災も人災、ひどい手ぬかりの重なりだよ」

昭六がそれに答えた。

「了解。前線本部としても、君の指摘している点にアクセントを置いて、原稿を送っている。このへんで、この事故取材の第一段階を越えたな。後は、村川が警察に張り付き、後の連中は、犠牲者の取材に集中しよう」

消防庁は、消防総監指揮のもと、すべての救急車に三河島出場を指令していた。一昨年の安保闘争以来のことだ。

大澤はカメラマンとともに、近くの高橋病院へ入った。消毒液と血の臭いが鼻をつく。医師と看護婦を拝み倒して、ケガをしている若い男の前にカメラを据えた。

「いきなりガタンと来たのです。皆でドアを開けました。夢中で、電車のいない線路を一斉に歩いていました。そしたら、一方から電車が来たんですよ。なぐられたような感じで倒れたんです。気がついたら頭が濡れていました。触ったら血なんです……」

息がつまり、総毛立つような体験談が負傷者の唇から流れ出てきた。しかし、それは傷ついたにせよ、命をとり止めることのできた幸運な人の言葉だったのではないだろうか。病院の霊安室には、もはや何事も語らない遺体があった。遺体は無残な姿で、誰よりも雄弁に、事故の恐しさを、許せない過失を、怒っているようだった。

こうした光景は、どこの病院でも同じだった。三輪病院、弘中病院、順天堂病院……。

荒川消防署の二階の大部屋は、静かだった。聞けば、留守番の当直を除いて、全員現場へ救出に出かけているとのこと。

病院と連結をとる係員の声だけが部屋中にひびく。

「高橋外科ですね。こちら消防署です。亡くなられた方は？　ハイ、年齢二十五歳。この他、男六名、女二名、合計九名ですね。つぎ重体から願います。ハイ、どうぞ……」

係員のメモを奪い合うように、各社の記者が書き写していく。小杉と村川は、交互に前線本部まで走っては、犠牲者の氏名の送稿をつづけた。

三河島の携帯無線機《ハンディトーキー》から中田の声が流れて来た。

「前線本部。こちら中田ですが、遺体はですね、近くの観音寺と浄正寺の二つのお寺に収容しはじめています。カメラマンとそちらへ回ります。どうぞ」

浄正寺には、多くの遺族が駆けつけていた。和服に割烹着、髪をひっつめた母親は、高校生の子どもをなくしたんだと訴えた。

「きょう、千葉に行くと言って、あの子は、元気に出て行ったんですよ。こんなことってありますか。誰がこんなことをしたんですか」

荒川警察署の中には、常磐線列車衝突事故対策本部と、同事故特別捜査本部の二つが併設された。警察署の中は、警察官と報道陣、安否を気づかう家族の群で、興奮の極に達していた。

＊

現場に散開していた五人のカメラマンが次々と前線本部に戻ってくる。撮影した16ミリ・フィルムを取り出し、撮影記録《キャプション》を書き留める。連絡用のオートバイを走らせてお使いさんが到着する。そのフィルム原稿を受け取ると、すぐさま本社へ向けて疾走する。

警視庁の広報主任が犠牲者の氏名を読み上げはじめた。本部の第一回の発表である。

「死者二十七歳、住所足立区栗原町、同じく二十一歳、住所千葉県東葛飾郡関宿町……」

刻一刻と犠牲者の氏名が明らかになって来た。

「現場本部了解。現場付近の遺族関係サイドの話があったら送って下さい。必要があれば、カメラマンを増強する」

四日午前二時、武蔵テレビ本社から中継車が出発した。午前三時半、自動車の群れと人波でごったがえす現場に中継車と中継要員が到着。

技術スタッフは、一様に上を仰いで必死に右往左往した。事故現場にすら目もくれなかった。現場からマイクロウエーブを本社へ送るためにアンテナを設置する高い所を発見しようと血眼だったのだ。ようやく一軒の二階家の物干台があった。そこの主婦は快く使用を承諾してくれた。

今度は皆が下を向きはじめた。現場から三十メートルほど離れた線路わきに、ズーマー付きのカメラを据える地点三カ所を確保、さらに現場付近に有料駐車場も見付けた。後は朝の来るのを待つばかりだ。

荒川警察署の事故対策本部は、機関士、機関助手、信号係など四名を業務上過失致死の疑いで逮捕、死者百六十人、負傷者二百九十六人と発表した。

午前六時半、現場から中継する特別番組が始まった。良田アナウンサーが、

「こちちは常磐線列車事故の現場であります……」

画面には、上村、大澤、村川が、昨夜来の現場の状況を語る。その誰の顔にも疲労の色が濃い。だが皆一様に、眼だけは光っていた。そして、憑かれたように事故を語って飽きなかった。

カメラは時に電車の下の遺体を捉えることもあった。その都度、ディレクターの向田は叫んだ。

「カメラさん、遺体だけは避けて他の絵を作ってください」

ともかくも番組は終わった。本社から、デスクの盛岡の声があった。

「みんなオツカレサマ。うまくいったよ」

その時、深いため息が出てきた。

中継車の扉をノックする音がした。顔を出すと現場付近の人だった。

「ご苦労さんでしたねえ。見てましたよ。水を持って来ましたから、手を洗ってください」

「うちの主人もあの電車に乗っていたんです。昨夜はどんなに心配したことでしょう。何せ切れた電線が青い火を吹いていたのが、家の二階からもすぐ見えたんですよ」

「隣組で協力して炊き出ししたんですよ。おにぎりと味噌汁だけですが、よかったらどうぞ」

向田にとっても、誰にとっても、こんな経験ははじめてだ。返事に詰まった。

昭六が、両手を合わせて合掌し、

「ありがとうございます。遠慮なくいただきます。おい、みんないただこう」

ザルにもりつけたおにぎりに手をのばした。大ぶりのおにぎりは、手のひらで包むと温かい。

ごま塩をまぶした淡い塩味が、口の中に充満する。それに豆腐の入った味噌汁が、美味だった。

上村、小杉、村川、山田、向田、中田、大澤、そして昭六の眼も潤んでいる。胸の奥からこみ上げてくるものがあった。スタッフの誰もが、何も言わずに、おにぎりを頬張っている。

伝えることで、人と人とが結ばれたのだ。

信濃川で水を浴び

昭和三十九年、新潟地震、仲間の応援に

昭和三十九年六月十六日。

午後一時過ぎ、東京赤坂の武蔵放送テレビ局舎の地底から、突き上げるような衝撃があった。ついで数回、激しい横揺れ。机が一斉に動いた。十数秒後に震動は停まった。だが、天井から吊り下がっている「ニュース部」のプレートは、ゆらゆら揺れてとまらない。

かなりの地震だ。

編集デスクの峠昭六は我に返った。すぐさまネット系列局向けの同報連絡装置《ネット・インターカム》のスイッチを開いて呼びかけた。

「ネット各局さん、たった今、東京でかなりの地震がありました。みなさん、それぞれの状況を連絡してください。北からお願いします」

「北海道異常なし」

「盛岡はかなり揺れました。震度4とのこと。特に異常ありません」

「仙台は震度4。特に被害が出ているとの状況はありません」

「長野も震度4。被害報告はありません」

「金沢は異常なし。ただわが社の輪島局は震度4を感じたとのこと」

「……」

系列二十局のうち、新潟からの応答だけがない。

「越後放送さん、お宅の様子はどうですか」

「……」

どうやら、震源は新潟近辺のようだ。越後放送東京支社を呼び出した。

「新潟本社と連絡がとれますか」

受話器の向こう側には、加賀支社長がいた。

「いや、電話がつながらないんですよ」

「加賀さん、それじゃ、われわれがお宅の本社へお手伝いに出かけてもいいですか」

「峠さん、うれしい話ですが、そんな気が早い、少し様子を見てからでも……」

「そそっかしいのは性分です。お許しが出たとして、支度ができ次第出かけます」

奥の机の濱部長と視線があった。腕組みをしてうなずいている。ゴーサインだ。

気象庁が、新潟県北部の日本海に浮かぶ小島・粟島の南方沖を震源とするマグニチュード6の地震が発生、仙台、新潟、長岡などでは、震度5を記録と発表した。

昭六は、サブ・デスクの高原に言った。

「東京・新潟間のマイクロ放送回線はつながっているのかどうか確認しろ」

高原は、電電公社東京端局の技術者に問いただしはじめる。そして、

「ダメです。電電公社の東京・新潟間のマイクロ直通線は不通。新潟から南北に延びる回線も不通。現在、新潟からの映像を受けるのは不能です」

「ともかく、急ごう。鈴木と、小滝カメラマンは、ヘリコプターですぐに飛べ。俺は車で行く。誰か来るか」

カメラマンの坂田と深川の手があがっている。

「よし、それじゃ準備しろよ。高原君、デスクは君に任せた」

昭六は、急いで仮払い伝票を書く。庶務デスクから十万円が届いた。

*

午後四時、昭六、坂田、深川に運転手を加えた四人は、撮影・通信機材を三菱ジープに積み込み出発した。新潟へは旧中山道と三国街道を結ぶ国道十七号線をたどる。行程は約三百四十キロ、所要十時間を見込んだ。道はトラックで混み合っている。池袋から大宮、上尾、北本を経て午後七時、ようやく前橋に入った。

「夕飯にしよう。これから先は山道になる」

ガソリンスタンドで給油したついでに、ポリタンクを八個購入。車内には入りきれず、車の屋根《ルーフラック》に載せてくくりつけた。

食後の満腹感に、眠くなってきた。

夜の冷気が肌に沁みてくる。
国道十七号線は闇の中に静まりかえっていた。そのしじまを縫って後方からも前方にも、鈍く、あるいは喘ぐようなエンジンの音が聞える。災害派遣の標識をつけた、自衛隊のトラックの長い隊列をそれまでに、少なくとも三つは追い抜いていた。三国峠にさしかかって、新潟をめざす各社の車との競争も一段落した。往復二車線もないデコボコ道が続く。出発以来すでに八時間を経過した。車の天井にくくりつけた、水入りのポリタンクが暴れている。山道のつづらおりを走った。越後湯沢、南魚沼を経て小千谷辺に達した頃、ラジオのダイアルを探っていた坂田の手がとまる。

臨港町の木村さん、弟さんは無事です。新潟大学の学生は、すぐ学生寮に集まってください。……給水車三十台は、山下地区へ向っていますからもう暫くの間待ってください……

あっ越後放送のオンエアだ。

昭和石油の火災は、現在も盛んに燃えています

農村の有線放送にも似たこれは奇妙な放送だ。しかもその声はアナウンサーのものではない。ディレクターが県庁の対策本部でマイクを握っているのだ。
新潟市全域を対象としているのではない。町の中の「丁目」に住む住民に向け、安否の確認や、

どこそこへ避難してください。万代消防団は、付近で消火にあたって欲しいと放送している。小さな地域の居住単位から寄せられる情報、市役所からの指示をきめ細かく伝えている。

個人向けの情報の伝達もある。マイクからは、市役所の中の緊迫した話し声も漏れてくる。それは異常な迫力だ。住民の声、災害の情報、救援活動が、混然としてラジオの叫びとなっている。ラジオの電波が、地域の一人一人をつかんでいるのだ。

昭六は、自分がいかに形式を整えた放送番組に狎れきっていたのかを思い知った。非常に際して、ラジオ・テレビを問わず、放送が何をなすべきかがここにあるのだと。

昭六は思い出した。越後放送には、卓抜な災害放送の歴史があった。

＊

昭和三十年九月三十日夜。

越後放送は、台風二十二号が新潟付近を通過するおそれがあると、通常の放送時間を延長して三十分ごとに台風情報を伝えていた。ところが翌十月一日未明、新潟県庁舎の一部から出火、強風とフェーン現象にあおられて、火は市街地へと燃え広がった。当時、越後放送は、出火点からほど遠くない市内中心部のデパート大和新潟店の七階に本社とスタジオがあった。「県庁舎から出火」の第一報を受け、丹羽国夫アナウンサーは、屋上に駆け上がり、マイクを握った。

「県教育庁は全焼、火は東中通に延焼し、新潟日報本社も危険にさらされています」

午前四時三十五分、火の手が近くの小林デパートに迫ったため、

「小林デパートから火が出ました。これ以上は、放送をつづけることができません。この辺で放

送を打ち切ります」

を最後にして、スタッフとともに退避。その十五分後には本社・スタジオが炎に包まれた。

しかし、越後放送はめげなかった。手回しよく送信所に臨時のスタジオを設営していた。

その一分後の午前四時三十六分、

「こちらは越後放送ラジオです。本社スタジオは火災のため放送不能となりましたが、引き続いて、ここ送信所から火災情報をお送り致します……」

切れ目のない、住民へ対する避難指示を放送。火災が鎮火したのは、午後七時過ぎだった。

この火災による負傷者は約二百四十人、罹災世帯は約一千二百、人員にして五千九百人、被害総額は約七十億円。死者が一人も出なかった。

このあと越後放送の活動は、放送と災害の関わりの模範として称えられた。

＊

長岡、三条を過ぎた。新潟まではもう少しだ。道は現場に急ぐ車の列で渋滞。気がはやってアクセルを踏み込んだところ、車が大波に洗われたように浮き上り、次の瞬間ガタンと沈んだ。地割れがそここに口を開いている。信濃川沿いの道に出た。右手に昭和石油から燃え上る紅の炎が、金色の火の粉を吹き上げて、夜空を焦がしていた。
新潟市内へ入ったのだ。灯り一つない町の中に、人々が立ちつくしている。警察官が、町角では必死に交通整理に当っている
午前四時、ようやく渋滞する万代橋を渡って、越後放送にたどり着いた。社屋一階の窓から、フ

イルム現像機特有のモーター音が聞こえる。越後放送映画社の現像所だ。ドアを叩く。

「武蔵放送です。お手伝いに来ました」

エプロンをした中年の男が一人、転がり出てきた。

「水持ってますか」

「ポリタンクに入ってます。すぐください」

「現像液の温度が上がってきて限界なんです。飲んでください」

男が声をかけると、三人の男が出てきて、物も言わずにポリタンクの水を現像機に注入した。

「これでしばらく、安定して現像ができます。ありがとう」

男たちは、はじめて笑顔をみせ、握手してきた。

社屋の各室には、段ボール箱が積んであった。中身をのぞくと、三ツ矢サイダーだ。水分はすべてこれで補給してほしいとのこと。これも災害放送の得がたい経験かと苦笑する。

＊

午前八時、鈴木と小滝カメラマンは、新潟市陸上競技場に駐機してあったヘリコプターに乗り込んで離陸した。高度四百メートルの上空からは、市内の道路が随所で破損しているのが認められる。新潟港は岸壁周辺に崩落の形跡、それに隣接する昭和石油製油所は、すさまじい火焔を吹き上げている。信濃川河口部左岸は、水浸しだ。

小滝は16ミリアリフレックスSTカメラを構えて撮影をつづける。その軽快なカメラの回転音が、爆発的なエンジン音に混じって聞こえる。

「あっ、地上の連中も新潟に到着したみたい。呼んでみよう」

鈴木は携帯無線機から、

「『武蔵85』ヘリコプターから、『武蔵86』どうぞ」

「『武蔵85』、こちらは峠、市内の状況は」

「上空から見て、市内は相当の被害です。撮影はバッチリ。まもなく降ります」

「『武蔵87』から『武蔵86』、聞こえますか、どうぞ」

　後発した別チームの携帯無線機《ハンディトーキー》からの呼びかけだ。

「『武蔵86』の峠は、越後放送本社に到着、そちらの現在位置は、どうぞ」

「『武蔵87』は、現在、燕を通過。こちらは野崎以下五名、どうぞ」

「『武蔵61』から『武蔵86』、こちらは武部。中継車と一緒です」

午前九時過ぎ、越後放送本社に、ぞくぞくとして五十人近い武蔵放送のスタッフが到着した。

その正面玄関には、「今こそ放送の使命を全うしよう」と社長の告示が墨書されていた。

越後放送の仲間は、みんな笑顔で迎えてくれた。だが、かなりの疲労が浮かんでいる。

「お手伝いさせてください。よろしくお願いします」

「ありがとう」

高沢報道部長が頭を下げた。

「高沢さん、ご無沙汰してます。少しは恩返しができるといいんですが、がんばります」

「峠さん、何ですか。その恩返しって」

「あれですよ、あれ。昭和三十四年の皇太子のご成婚中継ですよ。高沢さん、中継車で東京まで来てくれたじゃないですか。うれしかったんですよ。それは」

「そうでしたね。思い出します。東京へ出かけたからこそ、わが社のカメラも、皇太子ご夫妻をバッチリ撮ったんですもんね」

「あの時、お宅の中継チームは、実に気合いが入っていましたよ」

「考えてみりゃあ峠さん、お互いに古い戦友なんですね」

あのご成婚中継の日の思い出がよみがえる。そしてあれを契機として、ネットワーク系列の協定が生まれたのだ。

「思い出話はほどほどにして、こちらはどうなってるんですか」

高沢部長は武蔵放送スタッフを前にして、地震発生からの経緯を話しはじめた。


　本社勤務の人員は百人足らず、全員でラジオ・テレビの災害放送に取り組んでいます。ラジオは「歌であゆむ五十年」の放送中に地震発生。本社と送信所を結ぶ放送線が切断。電波は停まりました。すぐ編成要員にＦＭ無線機を持たせて山二ツ送信所へ向かわせました。ごった返す町の中を徒歩で二時間、十キロの道をようやくたどり着いた新人社員が「こちらは越後放送」とドラ声で叫んで、途中に見聞きした情報を話しだしました。午後三時五分、地震発生から二時間後に、電波は復活したのです。午後四時には県庁に特設マイクを設置、この声をＦＭ無線機で受け、放送する体制が整いました。本社のスタッフは、携帯録音機《デンスケ》を担いで市内各所に散らばって取材。防災対策本部は、「米、味噌、缶詰類は、三ヵ月分以上備蓄してあります。野菜は、夏物の最盛期に入っており、品不足になることはありません」と断言。鉄道は、「一週間後には、回復する見込み」と確約。これらの情報を集め、県庁にそれを集約して放送したのです。また、地元から数多くの「尋ね人」の要請がよせられました。ざっと五千人近い申し込みがありました。これに応えられるのはラジオならではです。救援情報を地域に、地域の声を地域へ伝えるのに集中しています。

テレビは、「いつか青空」放送中に停電。電波が停まりました。本社と弥彦山送信所の間の放送線が生きていることを確認して、すぐに自家発電装置を起動。

午後二時十五分、スタジオのカメラ一台を局舎の屋上まで担ぎ上げ、アナウンサーがマイクを手にしました。午後二時十五分、災害中情報中継の特別番組のはじまりです。炎上する昭和石油の黒煙、信濃川にかかる昭和大橋の橋桁が落下した無惨な姿を映し出しました。

午後二時三十三分、カメラは、信濃川を逆流してくる高さ一メール八十センチの津波をみごとに捉えました。また、横倒しになった川岸町の県営住宅も撮りました。県庁の災害対策本部からラジオが伝える情報を、テレビ電波に乗せる並行放送《サイマルキャスト》の方式をとりました

ニュース映像の取材・編集は、新潟映画社が担当しています。数人のカメラマンが手分けして災害現場に出動、現像所はフル回転でフィルムの現像をしています。

午後八時十四分、テレビ放送用マイクロ回線が復旧、武蔵放送らのネット番組の放送に成功。さて市内の全般的な状況は次の通りです。

市の中心部である信濃川河口の両岸付近の五地区は、護岸堤防が崩壊し、さらに津波に見舞われ、床上浸水の被害を受けています。ここには、新潟市民三十五万六千人の中の六割が集中していますから、救護対策を急がなければなりません。

新潟駅には、信越本線、白新線、越後線が乗り入れていますが、線路が崩壊していて運行を停止しています。

新潟空港は、津波と液状化により、滑走路が冠水し、運用を停止しています。その空港に近い、昭和石油新潟製油所のガソリンタンクの配管が地震で損傷、そこから漏れ出たガソリンが海面に拡散して爆発炎上、火の手は付近の民家にも広がって、燃えつづけています。新潟市には、油脂火災に対応できる化学消防車がないので、応援を求めているところです。

水道は、壊滅的な被害を受けています。取水所、浄水場の被害は、たいしたことはなかったのですが、各家庭へ水を届ける送水管の幹線が寸断されて、水の供給は止まっています。新潟市は、トラック百台、ドラム缶二千本、作業員二百人を手当てして一戸あたりバケツ一杯の水を配ることとして作業中です。また、陸上自衛隊はじめ、東京都、名古屋市、金沢市、高田市などの給水班が、きめ細かく給水活動を行っています。

ガスも同様の被害状況です。電気は被害集中地域をのぞいて、送られています。

市内交通の幹線の一つである昭和大橋は、二基の橋脚が川底に沈んだのをはじめ、他の橋脚も大きく傾斜したため、橋の桁五本が落下しています。

高原部長は、よどみなく概況を話し終えると、一息入れた。

＊

武部は、待ちかねたように口を開いた。

「テレビ中継は、どこからしましょうか」

「それじゃ、川岸町の県営アパートはどうですか。ここからすぐです」

武蔵放送の中継チーム九人は、中継車と電源車に分乗してすぐに現場に向かった。

そこは鉄筋コンクリート四階建てのアパート八棟配置されている小団地だ。しかし、それはだったというべきだ。すべての棟は倒壊、もしくは傾斜している。建物の構造が壊れているのではない。大地にのめりこむように倒れているのだ。完全に横倒しになった一棟は基礎の割り栗石が露出している。それは抜け落ちた乳歯の歯根が浅いように、わずかな部分が地下にあったことを示している。

数十人の男女が倒壊建物の壁面を這い上がり、窓から家財道具を取り出そうとしていた。こんな光景を見たことはない。

中継スタッフは、すばやく状況を観察し、団地の全景、倒壊アパート、傾いた室内の三カ所にカメラを配置した。

午前十一時十五分、報道特別番組が全国ネットではじまった。

武部が中継車から叫んだ。

「一カメ、全景を押さえて」

「こちらは、新潟市・川岸町の県営アパートです……」

アナウンサーが静かに、語りはじめる。住民の女性の一人は、

「台所にいたら、突然、床下から押し上げられ、突き飛ばされるように体が浮き上がったんです。一瞬、気が遠くなって、気がついたら、部屋も私も横倒しになっていました」

あの地震の恐怖を思い出して、唇を震わせた。

傾いた室内にいる初老の男性は、

「この部屋にいると、船酔いしたみたいに、吐き気がしてくるんだ。部屋の何もかもが、傾いているからだね」

たまたま、現場の調査に来ていた建築技術者は、

「この地区は信濃川の流域を土砂で埋め立てて造成したのです。ですから、水分が多く、地盤が軟弱なのです。地震の震動が伝わると、土の体積は縮まろうとし、水分を密集しようとします。砂同士が結集しようとするちからよりも、水圧が大きくなると、水が土の粒子を押し広げて、土が液体のようになり、そこにある建造物は、土の支えを失って倒れるのです。現在、これをクイックサンドもしくは流砂現象と呼んでいます」

映像が、より雄弁に語っている。

どうやら、建物の倒壊は、建設業者の手抜きによるのではないようだ。これまでは、経験したことのない状況がここにはある。

午前十一時五十分、番組終了。武部は、

「お疲れさま、引き続き午後の『婦人ニュース』もここからやろう」

＊

テレビニュースの箕田デスクは、

「昨日から、市内のあらましの映像は撮っています。みなさんは、市内のどこでもお好きにどうぞ。うちの連中は、町の中の細かいところに入り込んでいます」

「町の中の細かい所って何ですか」

昭六の質問に箕田は笑った。

「新潟は生まれ故郷です。われわれは土地っ子ですから、町内会の人たちの暮らし向きも分かっています。この人たちに焦点を絞って絵をつくろうと意図してるんです」

「わかりました。それじゃこちらは手当たり次第でやりましょう。昼ニュースに、フィルム原稿は間に合わせます」

武蔵放送のカメラマンは六人、手早く散開した。

昭六は、小滝カメラマンを伴って信濃川の下流へ向かった。

信濃川河口付近の入船町は、海抜〇《ゼロ》メートル地帯。川が氾濫して油混じりの汚水に浸されていた。ここには下請けの町工場が密集している。消防職員が使用しているゴムボートを借りて漕ぎ出した。とある小さな食料雑貨店の内部は、油にまみれたラーメン、缶詰、醤油、石けん、たわしなどが散らばっている。奥に人影が見えた。声をかける。

「こんにちは、越後放送です。お元気ですか」

「俺らあ、うまくしゃべれねえ、はじめてらがねえ」

七十歳代と見受けた老女は、一息入れた。

「ほんにねえ、お茶飲んでたらグラグラと来て、どうなることかと思いましたてえ。ほんにおっかのうえね。俺あ嫁にくっとき、持ってきたタンスへ這うてつかまろうとしたら、腰抜けて立てねもんだがね。いやーらね」

老女は、膝先で丸めていた手ぬぐいで、顔を拭い苦笑した。

「ガラスは割れる、電気の綱は切れる。こんな目におうたのは、生まれてはじめてらて。油の水浸しになって、飲む水はないしさ」

老女は、切々とカメラに訴えた。

＊

加藤テレビ営業部長は、通常の番組CM・スポットCMを送出するのは、非常の災害に見舞われた市民感情にそぐわないと判断。すべてのCMを災害お見舞いのテロップに変更し、あるいは番組の振り替え放送をすることとした。同時に多くの広告主《スポンサー》と広告代理店に連絡、理解を求めるのに努めた。加藤と営業部員からの連絡に、すべての広告主から、その措置は良かったと褒められ、激励もされた。約五十本の番組へのCMへの対策が完了、スポットCMの切り替えも成功した。地震にもかかわらず、テレビの営業収入は、そのまま確保できたのだ。越後放送は、信頼されているとうれしかった。

＊

本社前の空き地に、ベニヤ板で仕切った特設の便所が四つ造られていた。約二メートル円形の穴を掘り下げて、二枚の板を置き、その四方を囲ってある。社屋の水洗便所は停水のため、使用不能なのだ。ここに入るのには、ためらいがあった。でも思い切って用を足せば、二度目からはなんということはなくなる。

夕刻、昭六は小滝カメラマンと越後放送本社に戻った。

屋外の特設便所から少し離れたところで火を焚いていた。それは大きな釜が二つのった特設のかまどだった。炊きあがった飯を、女子職員がおにぎりをつくっていく。大きいの、小さいの、丸いの、三角の、なかなか個性的なおにぎりがトレイの上に積まれていく。

「武蔵放送のみなさん、召し上がってください」

塩味の利いたおにぎりだ。頬張ると甘かった。サイダーに援けられてのみこむと、腹の中に温かい充実感がひろがった。

「ごちそうさま、頑張りますね。おいしかった」

後ろ髪をきりっと束ねた二十代の女子職員が、

「女房にするなら越後女って言われてるんですよ。でも私はまだ女房じゃないですけどね」

愛らしい羞じらいの笑顔をみせた両手は、真っ赤だった。

「峠さん、きょうはお疲れ様でした」

「高原さん、うちの連中もお手伝いできて喜んでます。こちらこそありがとう。ところでです。越後放送のみなさん、あなたを含め、誰も家に帰ってないんじゃないですか」

「家が無傷ならよし、被害を受けてるなら、大工じゃないから、手の出しようはない。でも、社にいれば、それなりにすることはある。因果なことに、みんな放送屋なんですよ」

高原は照れながら言った。それは高原の矜持だ。胸に響いた。昭六は黙って頷いた。

日中市内を動き回って、すっかり汗ばんだ。

昭六は仲間に呼びかけた。

「市内で風呂には入れない。社屋の前は信濃川だ。ここで水浴びしよう。誰か来ないか」

岸辺で裸になって川に入ると、水はそれほど濁ってはいない。一日中動き回った体にひんやりした感触が心地よかった。昭六が大きく背伸びしていると、仲間が三人、四人と入ってきた。

「昭六さん、俺もネットワークの仲間だからね」

新潟へ戻ってきた加賀東京支社長が、肩をつぼめて水に浸かった。

「付き合いが大事、大事。でも川に入るのは、子どもの時以来ですよ」

高原部長も首だけを出して隣に並んだ。

「高原さん、もう二、三日、いていいですか」

「それはうれしいけど、信濃川は今回だけにしてくださいよ」

ゆるやかな川の流れ。みんな、仲間であることの思いに浸っていた。

全日空機の断片が

昭和四十一年、全日空機羽田沖墜落、断片回収

昭和四十一年二月四日。

「ニュースを重点にするか、娯楽性を前面に出してショウアップするか、毎日、同じ意見の繰り返しじゃないか。報道局と制作局の混成チームはいいけれど、どっちが、あるいは誰が主体で番組作りをするのかだ。それを決めなきゃ、話は進まない」

峠昭六は、まくし立てた。

「昭六君の言うことはごもっとも。でも、どちらかではなく、そのどちらも、あるいは中をとって交代でやるとか……」

気の弱い特別制作部長の中橋太一郎の眼が、度の強い眼鏡の奥で、しきりと瞬いている。

武蔵放送報道局は、先発している競争社の朝のワイド番組に対抗するため、一月半ばからプロジェクト・チームを編成して企画を練っていた。連日の会議、番組の名称は、「おはようニッポン」と落ち着いた。キャスターには、映画俳優の小林桂樹、体操のメダリスト小野清子、脇を固めてオ

ペラ歌手の友竹正則、劇作家の福田善之を起用する。キャストは豪華だが……。

「中をとると、どっちつかずになる。もうどちらかに決めなきゃ。無意味な議論は止めだ」

それがキッカケで会議は終わった。

＊

午後七時半。

中っ腹の昭六は、ニュース部の大部屋に顔を出した。午後七時に「ニュースコープ」の放送を終え、室内の人気は少なくなっていた。デスクにいた一人に声をかける。

「世の中、静かなのかい」

「札幌からの全日空機が着いてないっていうことです」

「雪祭りからの帰りの便だな。天候の加減じゃないの」

「……」

デスクの盛岡精一と視線が合う。その時、昭六の中で、筋論よりは現場だと気持がはじけた。

「誰も手を出さないのなら、俺の席は、今、ここにないけど、ダメモトで車出してもいい」

「ああ」

盛岡はうなずいた。盛岡はテレビニュース発足以来の先輩だ。勘が良い。沈着に判断できる。細身に見えるが、意外と骨太。物静かだが頼りがいがある。

昭六の言う車とは、小型の四号中継車、通称「四中《よんちゅう》」。車体は中型の三菱ローザ、ソニーのイメージ・オルシコン・カメラ二台、ビクターのビデオコーダ、小型発電機を搭載する。

指揮をとるテクニカル・ディレクター（ＴＤ）、ビデオ・エンジニア（ＶＥ）、カメラマン二名、運転手の五人で作業する。六十年安保の頃、小回りの利く中継車が欲しいと手に入れた。

昭六は中継班に電話した。人はいない。ＴＤの下川清の自宅に「すぐ出て来い」と電話。デスクの周辺で勤務明けになった数人が、麻雀をすると席を立った。その中の一人が、

「昭六は、ワイドショウのスタッフなのになんだろう。勝手な振る舞いだぜ」

聞こえよがしの低声を残して消えた。

昭六は、カチンときたが、組織の正論には違いない。しかし、議論よりは現場がいい。

＊

警視庁と羽田空港の記者クラブから、次々と情報が入ってきた。

全日空第60便・北海道千歳空港発東京羽田空港着予定のボーイング一二七型機が消息不明となっている。全日空機には、乗員七人と乗客百二十六人が搭乗、四日午後六時五十九分、羽田空港管制塔に「千葉上空を通過、海側から着陸したい」と連絡してきた後、無線連絡が途絶え、レーダーからも機影が消えているという。関東地方上空の天候は、安定しているとのこと。

午前七時半、運輸省東京航空保安事務所は、捜索救難体制を発令、羽田空港に救難調整本部を設けた。これを受けて、運輸省、海上保安庁、防衛庁、警視庁、在日アメリカ空軍、全日空が海空で捜索活動を展開している。

午後八時。

ＴＤの下川が出社してきた。「四中」に入って機器の点検をはじめる。他のスタッフも出社。

午後八時二十五分。

昭六は、たまたまそばにいた新藤に声をかけた。新藤は、ほとんど現場の経験はない。ただ、

「一緒に来るか」

「連れてってください」

＊

午後八時四十七分。七人を積んだ四中は全日空本社に到着。

午後八時五十五分のフラッシュニュースの本番まで、時間は残り少ない。マイクロ波送信機は、日比谷通りの歩道で組み上げた。通りの南に東京タワーの全容が見えた。幸運だ。問題なく、中継できる。

全日空本社は、混乱していた。広報部員は、何の情報も入っていないと、答えるだけだった。

「フラッシュニュース」では、その狼狽ぶりが放送できた。

本番が終わると昭六は、スタッフに急いで機材の撤収を命じた。

海へ出ようと思ったのだ。本社のデスク・盛岡に無線で、

「『武蔵67』から本社。フェリーボートで東京湾に乗り出します。川崎と木更津を結んでいる日本カーフェリーという会社があります。去年創立されたばかり。この時間だと、木更津発の最終便が午後九時過ぎには、川崎へ入港します。たしか、『ありあけ』『あさかぜ』の二隻で運航しています。

僕は、川崎へ急行します。ここの本社に電話して、川崎へ帰港する船をチャーターしたいと話してください。電話番号は……。どうぞ」

「『武蔵本社』から『武蔵67』本社了解。至急連絡する。どうぞ」

芝田村町からから川崎市浮島町のフェリーボート・ターミナルへは距離にして約二十キロ、「四中」は猛然として急ぐ。第一京浜国道をひた走り、大森で産業道路を左へ分岐。

盛岡からの無線連絡だ。

「日本カーフェリーには、チャーターの件は申し入れ、了解をとった。どうぞ」

多摩川の大師橋を渡りきると左折して浮島町へ。

「『武蔵本社』から『武蔵67』、午後九時になると、全日空機の燃料はなくなる。そして、現在も消息不明。遭難と断定していい」

*

午後九時二十五分。

フェリーボート・ターミナルに到着。『ありあけ』から、大型バスと、トラックが上陸してきて、船内は空だ。新人アナウンサーの和泉正昭が、呼び出されて鎌倉の自宅から駆けつけていた。

「『四中』を船に乗り入れろ」

「この船は明日まで、運航しないんですよ」

制止した船員にかまわず、昭六は船橋《ブリッジ》へ駆け上がった。

数人の乗組員の中に紺色のスーツを着た精悍な一人の男に、

「こんばんは、武蔵放送の峠昭六と言います。よろしくお願いします」

「私は船長《キャプテン》の久田です。あなたたちは、どやどやと乗り込んできて、何のご用ですか」

「全日空機の捜索にこの船をチャーターしたいと、そちらの本社に電話して了解してもらっているはずですが……」

久田船長は、

「誰か、そんな話、聞いているの」

「確かに、本社から事務長《パーサー》である私宛に電話がありました」

「それは失礼。しかし、そのお話を、船長の私は今はじめて耳にしたんです」

「船長、お宅の本社は了解しているんです。そして捜索を急ぎたいのです。よろしく」

久田船長は、不機嫌をあらわに示しながら、昭六を海図の前へ招いた。

「あなた、船をどうやって走らせるつもりなんですか」

これは専門家特有の意地の悪い質問だ。昭六は、船長と傍らの一等航海士《チョッサー》に尋ねた。

「東京湾の海水は、静水じゃないですよね」

「もちろんです。潮の干満、潮流の変化によって動いています」

「東京湾に潮の流れがあるとすれば、船をどう運航するのが良いんでしょうね」

航海士が海図を示しながら答えた。

「一九三〇年代には、漂流するゴミが千葉県側から東京へ流れていくことから、反時計回りといわれていました。しかし、一九六〇年代、つまり最近になって、観測体制が進み、千葉県側から潮が流れ込み、神奈川県側に流れていく反時計回りに潮流が循環することが確認されています。この潮流は、毎秒十ないし二十センチで移動しています。もちろん、台風や黒潮の蛇行の影響により、潮流が逆転する場合もあります。しかし、現在は特別な気象条件は考慮しなくて良いでしょう」

「船長、われわれは、全日空機の捜索をするのですから、川下から川上へ向かうように、時計回りの運航しかないですね」

船長の顔は、少し和んだように見えた。

「私はシロウトに指図されて船は動かしません。私の判断でやります。たまたま、私の運航方針は、あなたの意見と重なりますがね」

事務長が船長に報告した。

「船長、ＮＨＫの中継班が、本船に乗り込みたいと電話がありました」

「峠さん、それじゃ、本船はしばらく待ちましょう」

「船長、ふざけないでください。あなたはすぐに船を出すべきだ」

「ふざけるなとは無礼ですぞ」

「無礼なのは、あなたです。われわれ武蔵放送は、本船をチャーターしたいと申し入れ、あなたたちはそれを了承した。その時点でチャーター契約は成立したんです。にもかかわらず、関係のない第三者をチャーター主の私に無断で船に乗せるのは、商道徳の違反です」

船長の表情はこわばったが、きっぱりと、

「本船は、直ちに出航します」

＊

午後九時四十分。久田船長が号令した。

「両舷微速後進《スローアスターンツー》」

船は、車の乗り降りに使う船首のランプ・ウエーを引き揚げ、岸壁を離れる。

「ありあけ」は、昨昭和四十年に建造された新造船だ。排水量四百九十四トン、全長四十一メートル、全幅十六メートルの双胴船《カタマラン》。ジーゼル・エンジン二基を搭載、巡航速度十三ノットで走る。

昭六は、川崎・木更津航路が開設された直後から、愛車「スバル３６０」を持ち込み、数回、房総半島へのドライブに出かけていたので、なじみの船となっていた。

「両舷半速前進《ハーファヘッツー》」

「ありあけ」は、東京湾に乗り出している。毎時五から六ノットのゆっくりした速度で航行。

船首《バウ》の右舷側《スターボード》には甲板長《ボースン》が立って、見張りに当たっている。前方海面を照らすライトに白く細かい波頭が流れ去る。

左舷に東京港の灯りが点滅している。

気温は五・四度。肌寒い。

船橋は静かだ。ジーゼルエンジンの振動が足下から伝わってくる。

羅針盤と前方海域を監視する船長。

操舵手は舵輪を握っている。

「針路〇八〇《ゼロエイトゼロ》」

船は南南西に針路を取っている。

「四中」のスタッフは、二台のカメラを船首に持ち出し、遭難機発見に備える。和泉アナもそこで待機。

＊

午後十一時十分。

右舷に立っている甲板長が、船橋に向けて照明を大きく振り回した。何かが見えたのだ。同時に双眼鏡で監視していた船橋の一等航海士も叫んだ。

「漂流物発見」

船長が号令した。

「機関停止《エンジンストップ》。船首のランプ・ウエイ降ろせ」

「カメラ、適当に配置につけ。ビデオコーダ回せ。和泉、見えてることを全て口にしろ」

昭六は言い終わりざまに、船橋から船首へ走った。

ランプ・ウエイが海面まで下がり、その先端が波に洗われている。

そこから手を伸ばせば、届きそうなところに、細長い金属片が浮遊している。

目測で長さ二十メートル、幅三メートル。いくつかの丸窓、表面の塗装から見て、全日空機だ。

それは、見えなければいい、見たくはない、と思いつつ、懸命に探し求めていた対象だ。

息が詰まる。それは百三十三人の乗客・乗員の死を明示している。

昭六は感傷を吹っ切らねばと、首を振った。

「一カメ」は左舷先端に位置して三脚で固定している。カメラマンが手をあげた。ＯＫだ。

「二カメ」は、カメラマンが抱きかかえ、ランプ・ウエイの中程まで下りて、撮影している。

和泉はマイクを握り、甲板《デッキ》でしゃべり出した。


こちらは、東京・羽田上空で消息を絶った全日空第60便を捜索しているカーフェリー『ありあけ』の船上であります。私たちは、午後九時四十分、川崎を出航、千葉方向に針路をとり、捜索をつづけてまいりました。ところが、午後十一時十分、千葉県市原市の沖合にさしかかった海域で、漂流物を発見。これが全日空機の胴体左側の断片であることを確認できました。ただ今から、これを引き揚げます……


「ありあけ」からクレーンのフックが降りてゆく。船員がロープの末端をランプ・ウエイに固定し、もう一方の末端を体に巻き付けて海面すれすれに降り、長い鳶口《ファイヤフック》で、丸窓の割れ目にクレーンのフックを引っかけようとする。

断片が、船に近づく。

鳶口が丸窓にかかったかと見えたが、断片は、船の双胴の間を流れ去った。

「両舷微速後進《スローアスターンツー》」

「ありあけ」は、ゆっくりと後進、流れていた断片を船首に位置づけた。

鳶口で再び試みる。今度はうまくいった。

クレーンが巻き上げはじめた。

やがて断片は甲板に収容できた。機体の外側と室内の内張の間には、細かい六角形の断熱防音材が充填されていた。そこから、海水が次々にあふれ出てくる。それは命あるものが助けを求めて逃れ出て来るようだった。

昭六は、暗い海面にひときわ黒い物体を見た。ロープを体に巻き付けて安全を確保し、ランプ・ウエイを降りた。靴が海水につかった。

その時、黒いものが近づいた。反射的に手を伸ばす。束になった海草かと感じた。掌を握る。がくんと強い手応え。黒髪だ。半分沈んだ、手足も見えた。だが、凄まじい力が、掌から黒髪をもぎ離し、暗い海水の中を流れ去った。深い吐息。それは女性だったのだ。

再び、三度、同じ事を繰り返したが、結果は同じ結末だった。

＊

「『武蔵67』から『武蔵本社』。われわれは全日空機の胴体左側面の断片を収容。もちろん、映像は録画してある。現在放送中の特別番組で、まずそれを放送してください。どうぞ」

「本社了解。今、手配した。ところでだ。さて照ちゃん、その映像をどうしょう。どうぞ」

デスクの盛岡がのんびりした声で呼びかけてきた。お互いに、本社と現場、カッとしないで、おちついて善後策を決めようという、この人らしい心遣いだ。

「『武蔵67』から『武蔵本社』。獲った魚は、魚籠《びく》に入れたから、逃げる心配はないでしょ。でも、船からマイクロ波を送信しようとしても、船はしじゅう動いているから、方向は定まらない。だから、現場からの生中継はダメだとなる。持って帰れば良いのだけれど、すっかり鮮度は落ちてしまう。盛岡さん、僕は頭が弱いから、どうしていいか分からない。どうしましょ。どうぞ」

「『武蔵本社』から『武蔵67』。肝心の絵のないきれいな電波と、ぶつ切れだけど肝心の絵のある電波のどれにするかって問題だろ。どうぞ」

「『武蔵67』から『武蔵本社』。お互い様に意見は一つだ。じゃあそれにしましょう。五分たったら、本社側は中継車の電波を受信して放送する。こちらの現場は、マイクロ波送信機の方向を東京タワーの受信アンテナを向ける。船が細かく位置を変えるから、手動で送信位置を最適にする。こんな放送形態は空前絶後。じゃやりましょう。どうぞ」

VEの西川勝朗が船橋後部に三脚を設置、これに長さ五十六センチの円錐型のマイクロ波送信機を載せ、東京タワーに方向を合わせる。その方向が適合しているかどうかは、本番にならなければ分からない。送信機のそばには、一般のテレビ受像機を置いた。


午後十一時二十分。

武蔵放送の特別番組は、「ありあけ」の送る電波に切り替えた。

「では東京湾で捜索している中継車どうぞ」

テレビ受像機には何も見えない。ザーッと雑音だけだ。

西川が、手で送信機の方角を変えた。

絵が入った。小刻みに映像が消える。西川が方向を変える。映像が回復する。

和泉が、緊張して現況を伝え、中継車のビデオコーダから再生する断片が現れる。

ブツブツと途切れるその間合いが、伝える現在の重みをかき立てる。

新藤が小声で、

「昭六さん、これがテレビなんですね」

「ああ、これがテレビなんだ」

「昭六さん、社を出る時から、こうなるって分かってたんですか」

「バカ、分かるわけはないよ。テレビマンは、ネタに向かって直進してりゃあ、たまには大当たりすることもある、外れることもあるさ」

何度か、こうした形式で、特別番組に入り込んだ。

午前零時。盛岡の声だ。

「武蔵本社から武蔵67。こちら盛岡。二月四日時点で、残骸を撮っていたのはわが社だけ。ネットワークの各局から、褒め言葉をもらってる。グランド・スラムだよ。お疲れ様」

「武蔵67から武蔵本社。『四中』のスタッフと和泉は褒めてください。全力で頑張ったんだから。小生は、あしたから特別制作部に復帰します。どうぞ」

「武蔵本社から武蔵67。言い忘れてたけどね。君を嫌いな報道局長は、勝手に中継車を持ち出し勝手に中継した。それを認めた俺も同罪だから、譴責すると息巻いている。どうぞ」

いま結ぶモスクワ・東京

昭和四十五年、モスクワから世界初の宇宙中継

昭和四十二年二月中旬。

武蔵放送専務取締役林本真太郎は、チーフディレクターの峠昭六を呼びつけた。

「この四月には、東京・モスクワの間に定期空路が開設される。これを記念して、ソ連から宇宙中継をやってみたいのだが、どうだろう」

ソ連担当の昭六に、非公式の打診だ。

「はじめての大仕事になりますね」

「難しいか」

「すべて未知のことですから」

「おい、君がダメだと言うなら、それまでの話しにするよ」

「林本さん、そんな老獪な挑発は、いけません。やりましょう。やってやれないことはないでしょう」

「ゼニはどのぐらいになる」

「日の子勘定ですが、東京・モスクワの回線料が一千万円、出張費・制作費で一千万円、モスクワ放送へ一千万円、ざっと三千万円でしょうか」

「こっちとしては、大晦日から今年の元旦にかけてのロンドン・パリ・ニューヨークを結んだ宇宙中継に次ぐ二番目のものになるわけだ」

「専務の夢物語だから、『いま結ぶモスクワ・東京』は、どうですか」

「悪くないな」

林本真太郎は、樺太《サハリン》の真岡《ホルムスク》で生まれた。真太郎という名は、それに因む。日日新聞東亜部ハルビン支局長としてロシア語を学んでいた。ツルゲネフの作品を翻訳で今も密かに読んでいる。

「専務、かなり重篤な老人性ロシア症候群ですよ」

「老人性とは、何をいうか。わかった。やる線で話しを下におろすよ。頑張ってくれ。ところで、例のソ連のおじさんは、役に立ちそうかな」

「ダメでもともとでしょうね」

*

それは、去年の秋のことだった。ノーボスチ通信のイリン記者が、

「昭六さん、某局の招待で、今、モスクワ放送の理事が一人、東京に来ているが、まともに相手にされていない。できたら、接待してあげてよ」

「他人様のお客の面倒をなぜ」

「この人と仲良しになっておくと、役に立つときがあるよ」

昭六に、余分の金があるわけはない。林本専務に頼み込んだ。

「君のソ連道楽か」

苦笑しながら、首をふってくれた。

昭六は、すかさず宴席を設けた。

主客は地味な風体の男だ。チュプルィニンと名乗った。口数は少ない、が、さされる盃はさっとほしていく。イリンは丁重な態度で接している。

昭六は、そのあと、二日ほど車で都内見物にもつきあい、みやげにと釣り竿を手渡した。

「楽しい旅だった。ご接待ありがとう。モスクワに来たらミーシャおじさんと呼んで声をかけていいよ」

チュプルィニンは、電話番号を書き残して去って行った。その後ろ姿が消えると、イリン記者がささやいた。

「彼は最末席の理事だ。だが、党から派遣された陰の実力者。君は良い人脈を作ったんだよ」

＊

四月六日午後。

第一陣として技術部長の喜多暢夫、演出部副部長の林和夫、昭六の三人が、モスクワに着いた。宿舎は、モスクワ河畔に建つウクライナホテルだ。

厚い雲間から、淡い陽射しが漏れるが、街に春の気配は、感じられない。川面には、大きな氷片が、ゆっくりと流れている。

目抜きの場所には、社会主義革命五十周年を迎え「ソ連共産党万歳」の標語があふれている。

翌朝、三人は、モスクワ放送へ出向いた。モスクワ放送とは通称で、正式にはソ連閣僚会議付属ラジオ・テレビ国家委員会という。

ハザノフ・テレビ編成局次長が一人応対に出てきた。通訳はいない。

まず昭六が、口火をきる。

「わたくしたちは、モスクワ放送の協力をえて、シェレメーチエボ空港に東京からの一番機が到着した模様を皮切りに、モスクワ市内の赤の広場、クレムリン、レニングラードの横顔、それにボルゴグラードをスケッチして、放送史上初のソ連から日本への宇宙中継を実現したいのです」

ハザノフは大柄な体の背筋をのばし、

「実は、空港の中継について、NHKからも申し入れがあります。われわれは、それを無視することはできません。日本の局同士で円満に話し合って欲しいのですが」

「わが社は、貴局の協力を求めに来たので、無関係の社と話し合うつもりはありません」

「NHKとは、以前から格段の友好関係があります。このことは、大事なことです」

「おたくの東京特派員は、この数年問、ほとんどの場合、わたくしに取材上の協力を求めているんですがね」

「われわれは、国家機関ですから、NHKに親近感を抱いています」

「親近感でも疎外感でも結構ですが、当面の問題は、そちらがわが社の計画に協力してくれるのか否かだけです」

これが話し合いの序章だった。結論は出ない。この日から連日、数時間をかけて、どうどうめぐりの議論を繰り返すことになった。

＊

街には一見してそれと分かる、いかれた風体の闇ドル屋の若者がいる。外国人旅行者と見ると、すり寄ってくる。

「アイ　アム　ビジネスマン。マネー・チェンジ」

「チェンジ、マネー・チェンジ」

ソ連の外貨交換比率は、四百円で一ルーブル、一ドルで〇・九ルーブルだ。社会主義経済の発展により、ルーブルは、ドルよりも強いと設定している。だが実態はまるで違う。街頭での闇相場は、一ドルで三ないし五ルーブルだ。だが、闇ドル売買には、五年から十年の懲役刑が課される。

だがドルさえあれば、この街は快適だ。利殖をしようと、昭六は決意した。

ボスらしい身なりの若者に眼顔で合図し、河畔の小公園のベンチに、隣り合って座った。

「俺はマルクっていうの。表向きは『スポーツ・マスター』の称号のあるサッカー選手さ。本業は闇のビジネスマン。旦那の話を聞きましょう」

「五百ドル交換したい。比率は」

「五倍です」

「それっぽっちじゃダメ」

「千ドルならば、七倍にするけど」

「よし、交渉妥結だ」

マルクは立ち上がって公衆便所に入り、しばらくすると出てきた。丸めた新聞を手にしている。

「この中に、ゼニは入れてある」

昭六がポケットから千ドルをつかんで取り出すとマルクが、それを手のひらに包み込んだ。

「俺の手下が三人で、見張ってるから、刑事のことは安心しな」

ホテルの両替所の前に、日本人旅行者が長い列をつくっている。

昭六はそこへ近づいた。

「一時間以上待ってるんですよ」

げんなりした顔つきだ。

「お気の毒に。良かったら、僕の手持ちを融通しましょう」

「本当ですか。助かります」

「じゃあ、僕の部屋に来てください」

公式の交換レートで、十数人の両替に応じると、千ドルの元手を回収しただけではなく、数百ドルと五千ルーブル余が手元に残った。かくて昭六は、金持ちとなった。

＊

四月八日、昭六は、ホテルの自室で、手帳に書き記してある六桁の電話番号をダイヤルした。

「＊＊＊＊＊＊……」

中年の女が、早口で答えた。秘書なのだろうか。三文字の略号を口にしたが、聞き取れない。

「こちらは、東京から来た峠昭六です。ミーシャおじさん《ジャーディカ》を願います」

ちょっと間があって、

「やあ、しばらく。クレムリンの近くで会おう」

午後四時過ぎ、昭六の前にチユプルィニンが姿を見せた。そのかたわらに若者が二人、それとなく立っている。警護要員だ。イリン記者の話しは、ウソではなかった。

「頂戴した釣り竿《ウートチカ》で、大きな川カマス《シチューカ》をあげたよ。君の話は聞いている。放送計画はきっと成功するよ」

それだけ言って、握手をすると、さっと人混みに消えて行った。

*

四月十二日、昭六は、第二陣として六人のスタッフが到着するのを、空港で待ち受けていた。見ていると、要人風の人物が身分証明書を取り出し、出迎えだと言って駐機場へと降りて行った。提示したのは、名刺サイズの黒い表紙で二つ折りの証明書だ。

昭六は、すかさず小銃を肩にした警備兵に近づいた。

「出迎えだ《ザ・フストリーチェ》」

「身分証明書《ウドストプレーニェ》をどうぞ」

昭六は、胸ポケットから運転免許証を取り出した。

「同志《タワーリシチ》、これはどこの機関の発行したものですか」

「日本の公安委員会、K・G・B《カーゲーベー》だよ」

「了解しました《パニャートナ》、同志。どうぞ」

若い警備兵は、左手を胸に当て敬礼した。この国では、KGB（公安委員会）という言葉に特別の権威がある。党か政府の賓客だと思いこんだのだ。

エールフランス機の乗降扉に顔を見せた仲間に、タラップの下から、

「やあ、待ってたよ」

昭六が声をかけると、仲間の六人が両手をあげながら駆け下りてくる。

「昭ちゃん、凄え顔じゃないか」

「なに、頓知と度胸の問題さ」

*

言葉の通じない仲間に、気分良く過ごしてもらうには、快適な食事を提供することだ。

ホテルの食堂のマネージャーに、

「夕食の席を九人分欲しいんだ」

「混み合ってるから、無理だよ」

「俺の仲間は、空腹なんだよ」

昭六は、気前よく十ドル紙幣を握らせた。

「旦那さん、了解しました」

マネージャーの言葉遣いが変わり、すぐさま席が用意された。

給仕長が現れ、これも十ドル紙幣を慣れた手つきでさっと受け取ると、

「おまかせください。ご満足のいく料理を差し上げますから」

数人の給仕人が、シャンパンを手はじめに、つぎつぎと料理を運んでくる。

周囲の食卓から、羨望の視線が集中していた。

仲間の一人が嘆声をあげた。

「ひゃっ、豪勢だな。ソ連じゃ、肉や野菜が不足しているって聞いてきたけど、あれはデマだったんだ」

＊

四月十五日、ハザノフ編成局次長は、

「話し合いは、きょうで十日になるが、決着しない。だから、東京で武蔵放送とＮＨＫの責任者が話し合って、結論を出すことにして欲しい」

「すぐに本社に連絡します。わたくしも、その結果に従います」

と昭六も答えた。

「話は変わりますが、峠さん、あなたは、われわれの有力な理事と親しいのですね。この理事は、あなたたちへの協力を強く主張しています」

ハザノフは、笑顔を見せた。

「個人的な親しさよりも、われわれの主張が正しいからじゃないですか」

と昭六ははぐらかしたが、密かに、おじさんの心配りに感謝した。

＊

四月十七日。

東京での交渉がまとまり、空港場面は、共同取材でNHKが担当、その後は、武蔵放送の単独番組とすることに決まった。これを受け、モスクワ放送本社で、制作会議が開かれた。

モスクワ放送は、カメラ二十四台、人員約四百人を提供すると表明。ジャンパーやセーターを着たり、ひげを伸ばしたりした現場のテレビ人間が、どやどやと室内に入ってきた。

武蔵放送も九人のスタッフの他に、ゲスト出演する歌手の江利チエミとロシア文学者の東京外国語大学助教授原卓也、モスクワ大学日本語科教授のリボーバ女史、岡田嘉子も加わった。昭和十三年、愛人とともに樺太の国境線を越えて失踪した有名女優だ。

五カ所の中継点ごとに、打ち合せが始まった。

ロシア語と日本語、ときに英語が交じり合い、手振りと身振り、それに筆談も活躍している。赤の広場にある国営百貨店《グム》担当は川端だ。ロシア語はできない。

紙に箱を描いて「カメラ」という。女性ディレクターのキスローバはうなずいた。ついで、箱の横に細い筒状のものを描く。手のひらを丸くして眼にあて、それを指さす。相手はうなずく。「?」「ミリ」と書く。相手が、75ミリ、125ミリ、という数字を書いて答える。カメラに装着されるレンズの種類を確認したのだ。現場の略図に、V字をいれれば、それはカメラ位置だ。

長方形を描く。その中に簡略化した人の形、画面の構図だ。両手のひらをつめるようにしてその人物と画面の瑞を指す。画面いっぱいに人物を撮ることだ。うなずいている。

撮影場面の進行過程、つまり絵コンテがつぎつぎにできていく。

テレビ屋なんだ。言葉は不要だ。やる気ひとつで、番組制作はできる。

寄り添う二人は、恋人のようだ。昭六は無性にうれしかった。

*

四月二十日、朝から本番の準備だ。

技術担当の喜多暢夫は、モスクワ放送から、ロンドンを呼び、英語で伝送経路を打ち合わせ、フランス語で、パリと受け渡し時刻を確認した。

このモスクワ・東京の初の宇宙中継番組は、モスクワから、レニングラード、ヘルシンキ、ストックホルム、コペンハーゲン、ハンブルグ、ケルン、ブリュッセル、パリを経て、大西洋上空の通信衛星・キャナリーバードに打ち上げられる。それをアメリカ東部で受信、アメリカ大陸を横断して西海岸から太平洋上空の通信衛星・ラニバードに打ち上げられ、茨城県高萩の衛星通信所で受信、東京まで伝送される。

東京の本社から、モスクワからの映像が届いていると電話してきた。

モスクワ放送五階の第六スタジオでは、ソ連側プロデューサーのペトロチェンコが、

「あなたたちは、社会主義のセンターにあるこのスタジオで、広告・宣伝《レクラム》をやるのですか」

林和夫が頬を紅潮させ反駁した。

「われわれは、広告・宣伝も優れた生活情報だと確信しています。それにこの番組は、日ソ友好の広告・宣伝じゃないですか」

「宣伝でも日ソ友好の宣伝はいい。その一部として眼をつぶります。ただ番組の後ろの方にしてくださいよ」

これで、番組を提供した清酒・大関のコマーシャルをスタジオから出すことができる。

レニングラードでは、ネバ河畔の中継車の中で、原幹が画面構成の打ち合わせに夢中だ。それを原卓也が通訳する。幹は卓也の弟だ。

そこへレニングラード大学日本語科の学生が通訳として派遣されて来た。

「ニーナと言います。みなさまの仕事を助けるために、侍《はべ》ります」

それは、ゆったりとした流麗な日本語だ。原卓也は仰天した。

「えっ、あんた、専攻は何なの」

「源氏物語です」

＊

午後四時十五分、東京から、モスクワへ本番開始と合図が来た。

午後四時二十分、空港。

カメラが空港の上空に、一番機ツポレフ114型機の姿を捉えた。東京・モスクワ間八千キロを、十一時間二十五分で飛んで来たのだ。

ツポレフは、四基のターボプロップエンジンの金属音を響かせ、鶴のような長い脚を伸ばし、白樺林を切り開いた滑走路に着陸した。

胴体には、アエロフロートのマークと日本航空の鶴のマークが描かれ、日ソの共同運航を表現している。
午後四時五十分、第六スタジオ。沼谷三郎アナウンサーが、
日本のみなさん、今晩は。ソ連から生き生きとした街の表情を、生《なま》で初めてお送りします
イワノフ副議長が、
モスクワから東京へ、初めて生《なま》のご挨拶を送ります
つづいて沼谷が、
赤の広場用意《ガトウヴイパジヤーリスタ》。どうぞ
午後四時五十三分、赤の広場。
ワシーリー寺院の赤い尖塔からカメラが移動して、佐々木アナウンサーと和服姿の江利チエミの二人。
「みなさん、こんにちは」

「あたしの今いる赤の広場って、赤色じゃないのよ。クレムリンの城壁の前の石畳の広場なの。肌を刺す底冷えがするけど、ロシアの人ってとても温かいのよ。前から知ってた外国へ来たみたい」

チエミの笑顔が、画面に広がる。佐々木が、

チエミちゃん、僕たちの前の国営百貨店《グム》をのぞいてみましょう

午後四時五十五分、国営百貨店。
店内のガラス張りのドームから、カメラは、二階の渡り廊下へ。
そこへファッションモデルがミニスカートで登場。リボーバ女史が江利チエミに、

「モスクワの女性は、このモデルの衣装の型紙を買うのです」
「完成したブラウスやスカートは、売っていないのですか」
「安い型紙を買い、後はそれぞれの体型に合わせて、縫い上げるのが、ここでのお洒落です」
「そいじゃ、あたしもおみやげに型紙を買わなきゃ」

佐々木春彦は、急いで階下へ駆け下り、サイドカーに飛び乗ってクレムリン内へ。

午後五時四分、クレムリン。
スパスカヤ寺院の金色の尖塔、鐘の王様の前で、佐々木が、
ここがクレムリンです。堅固な要塞の中に、ロシアの王朝が宮殿を築き、教会を建て、今はソ連の社会主義体制の中心となっています。こちらの案内役には、幻の女優岡田嘉子さんをお願いしました
オーバーコートで岡田嘉子が登場。
日本のみなさん、こんにちは。わたしがこちらへまいりまして、あしかけ三十年になります。モスクワは第二の故郷になっています
嘉子は、メリハリの効いた日本語で、
モスクワ市民は、今、落ち着いた暮らしを楽しんでいます。社会主義の明日が、より良いものになることを、肌で知っているからでしょう
午後五時十二分、第六スタジオ。

沼谷アナは、テーブルの横の清酒・大関の瓶を手にした。

灘の清らかな水と伝統の技術が生みだした清酒・大関。モスクワの凛とした寒さの中でも、しっとりと心を温めてくれます

副調整室でペトロチェンコ・プロデューサーが苦笑している。林和夫が、笑みを浮かべ、親指と人差し指で丸をつくり、ＯＫのサインを出した。

沼谷が切り替えを呼びかける。

「用意《ガトーヴィ》。レニングラード、どうぞ《バジャーリスタ》」

午後五時十三分、レニングラード。

カメラは、ネバ河の水面から、かなたのペトロパブロフスク要塞、移動してエルミタージュの全容を映し出す。

孤独な漂泊者のように、原卓也はカメラ前に立った。そして空を見上げたあと、ロシア文学者としての思いを、一気に語りはじめた。

ピョートル大帝が築き上げたこの旧く新しい都・ペテルブルグは、今、社会主義革命達成の街・レニングラードと名を変えています。ネバ河の畔《ほとり》に立つ水の都は、ロシアの芸術・文学の母でもあります。特に十九世紀には、多くの豊かな個性が……

午後五時二十三分、ボルゴグラード。モスクワ放送日本語課長のレービンが、ボルガ河畔の無名戦士の巨大なモニュメントの前に立っている。

ボルガ河の岸辺にあるこの都市は、その昔、皇后《ツァーリツィン》の町と呼ばれ、革命後、スターリングラードと名を変えました。第二次大戦で、圧倒的に優勢なドイツ軍の攻撃に耐え、逆にこれを包囲粉砕したことを契機に、ソ連軍は反攻に転じました。そして今は、ボルゴグラードと呼ばれています……

午後五時二十六分、赤の広場。
夕日の中に佐々木春彦と江利チエミ。

わたくしたちは、駆け足で、モスクワはじめレニングラード、ボルゴグラードの生の表情をお送りしました。これまでは、近くて遠い国でした。しかし、ここに生きる人たちは、魅力ある隣人です

声をあわせて、

それでは、モスクワからさよなら《ダスビダーニャ》、東京

二人は背中を見せ、スパスカヤ塔をめざして歩む。

塔の時計は、午後五時二十七分を指している。

番組は終わった。

「お疲れさま」

スピーカーから、東京からの連絡電話が入った。その声の背後に、沸き立つざわめき声がある。

「わしだ。昭六、聞こえるか」

林本専務の声だ。昭六は室内の人に叫んだ。

「わが社の専務のメッセージです」

「みんなに伝えてくれ。ありがとうってな。そして、そしてだな、モスクワ放送の皆さんにもだ。うん、親愛なる皆さん《ダラガーヤ・レビャータ》、ありがとう《スパシーボ》。心から感謝します《ブラガダリユー・バス・セルツエム》。さよなら《ルチシェ・フセボー・ハローシェボ》」

初めて聞く林本のロシア語だ。

一瞬の間をおいて、主調整室《グラーブヌイ・コントロール》の数十人から、拍手が起こり、

「万歳」

歓声が上がった。


『TBS新調査情報』一九七〇年三・四月号所収

あとがき

赤坂は坂の町です。坂の上には高台があります。今は昔の六十年前の一九五五年、ここに赤坂テレビ村が生まれました。そこに自らの青春をテレビニュースに賭けた男たちの日々がありました。当時、関東地区のテレビ受像機は数万台。放送メディアの花形は、受信機数百万台のラジオでした。テレビは電気紙芝居、赤字メディアと揶揄され、新聞、通信、雑誌、ラジオの下に位置していました。

赤坂テレビ村の住民は、おしなべて、その前の職場で二流の人でした。一流ならば、本人もそこにいれば良いのだし、職場もその人を手放すことはありません。そして住民は、二種類に区分できました。テレビで男を立てようという熱狂の人、前の職場からの因循姑息を抱えてきた人です。因循が上役、熱狂が下役というのが、村の中のあらかたの構図でした。

因循は、新聞社から提供されるニュースを放送すればよいと考えていました。

しかし、赤坂テレビ村には、赤枝清がいました。赤枝は、テレビニュースは、ニュースショウでなければならない、これがニュースの原型だと熱狂的に語り続ける風狂の人でした。村の男たちは、それを「東京テレニュース」として試みました。しかし、人手が足りずに挫折。その思いは「ニュースレーダー」として復活。さらにそれは伏流して「ニュースコープ」として花開きました。村が創出したニュースは、人びとの信頼を勝ち得たのです。

テレビニュースに打ち込んだ村の原人、そしてぞくぞくと入社してきた新人は、自分たちのニュースを出したい、テレビならではのニュースを送出したいと、努力したのです。

上役にたよっていては、仕事にはならなかったのです。下役は、下役同士ががやがやと、仕事の段取りをつけていきます。こうして下役は、日ごとに仕事の段取りをつけ、テレビを身につけていきました。因循はそれを黙ってみているか、できあがった仕事の成果を、自分がその管理者だという顔をすればよいのだということを学びます。

因循と熱狂の奇妙な調和が生まれました。テレビ興隆の頃の姿です。

皇太子ご成婚中継によって、テレビの受像機台数は、関東地区で二百万台を超え、営業収入もラジオを上回りました。

やがてテレビは、営業収入で新聞を上回り、メディアの王者となりました。それを象徴的に言えば、東京タワーの時代です。

今やスカイツリーの時代に入りました。インターネットの奔流に、テレビは陰りが見えます。しかし、時代の風潮は変化しても、ニュースを求め、ニュースを創る努力と心意気に変わりはありません。今や求められるのは、村が育んだ明敏と情熱の連係です。

赤坂テレビ村は発足六十年、還暦を迎えたのです。きょうも明日も、若い世代が、営々と、村の伝統を受け継いで、頑張っています。

この小著は、テレビ草創期の歌声であり、明日のテレビマンに贈るエールであります。

鈴木茂夫（すずき・しげお）

1931年生まれ。1954年、早稲田大学第一文学ロシア文学科卒。ＴＢＳ（東京放送）入社。ＴＶニュース・チーフディレクター。1995年佛教大学文学部佛教学科卒。
著書に『台湾処分一九四五年』、『アメリカとの出会い―ボクの戦後日記』、『早稲田細胞・一九五二年』（いずれも同時代社）、『30代からの自転車旅行のすすめ』『東京自転車旅行ノート』などの著書がある。

風説・赤坂テレビ村

2015年6月25日　初版第1刷発行

著　者　鈴木茂夫
発行者　高井　隆
発行所　株式会社同時代社
〒101-0065　東京都千代田区西神田2-7-6
電話　03(3261)3149　FAX　03(3261)3237
組　版　有限会社閏月社
装　幀　クリエイティブ・コンセプト
印　刷　モリモト印刷株式会社

ISBN978-4-88683-781-3